ドリカム層とモテない系

能町みね子著

ブックマン社

まえがき

今日も元気にモテてますか。私はモテてません。能町みね子と申します。初めての方ははじめまして。

かつて私は、「**モテない系**」のことをいじくり回したり、モテない系から来る投稿をいたわったりして、2冊の本を出しました。『**くすぶれ！モテない系**』と『**呻け！モテない系**』です。モテない系については、この2冊で書き尽くしたつもりでいました。

で、いきなり「**モテない系**」という言葉を出されても何のことやらと思われるでしょう。私が勝手に決めつけた定義です。とりあえずそれを説明させてください。たぶんこの本を読んでる人は**モテない系女子**だと思うので（あと、間違えて手に取っちゃったドリカム好きの人もいるか。ほんとごめん）、こちらとしても仲間だと思って語ります。

「**モテない系**」は、全く男性から好かれない・モテない人たちということではありません。彼氏やダンナがいることもある、でも「モテない」という言葉がすんなり当てはまる女子です。

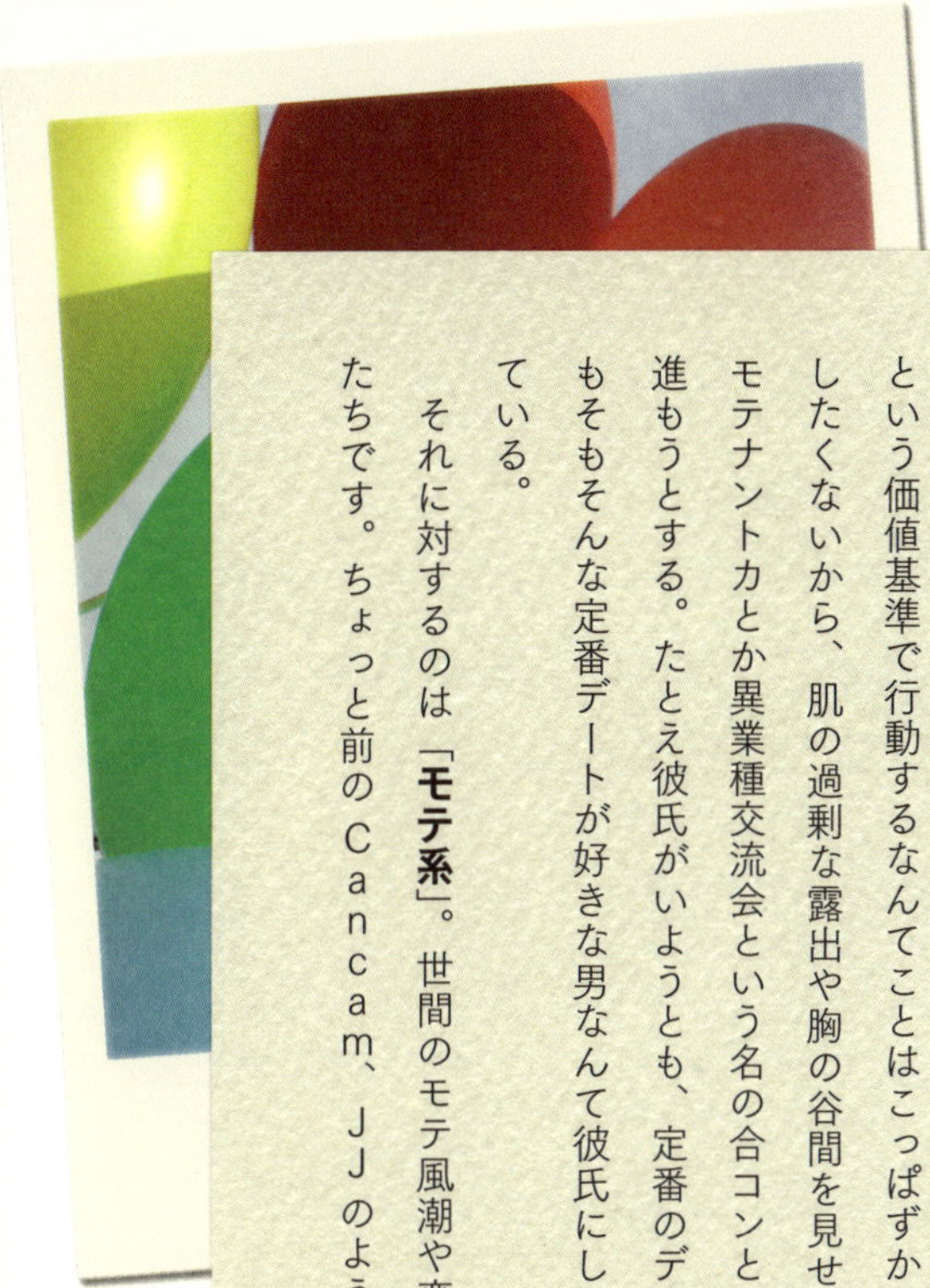

「文化系女子」の類義語と言えばいちばんイメージしやすいかもしれないけど、文化系女子（あるいはサブカル系女子）という言い方はちょっと現実を美化しすぎているように私は感じる。文化系などという高尚そうな美称で自らを囲い込んで理想ばかりを高くし、前髪パッツンで変わったメガネをかけて、部屋を本とＣＤまみれにしている女子**……そんなのは結局モテないんですよ！** だから「**モテない系**」。

モテない系はたいがい自意識過剰で人の視線を気にしていて、「男性にモテるため」という価値基準で行動するなんてことはこっぱずかしくてできない。女性性をアピールしたくないから、肌の過剰な露出や胸の谷間を見せるなんて行為は避けるし、愛され・モテナントカとか異業種交流会という名の合コンとか、そういう風潮とは正反対の道を進もうとする。たとえ彼氏がいようとも、定番のデートコースなんてくそくらえだ、そもそもそんな定番デートが好きな男なんて彼氏にしたくない、という強固な意志を持っている。

それに対するのは「**モテ系**」。世間のモテ風潮や恋愛市場に積極的に参入していく人たちです。ちょっと前のＣａｎｃａｍ、ＪＪのようなゆるふわＯＬだったり、絶妙に露出が多かったり、合コンに積極的に参加したり。あるいは、外見から入るタイプとは別に、見た目はナチュラルでありながらも小動物的かわいさの演出やさりげなくも積極的なボディタッチなどで、男性のメンタルに入り込んで内部から崩していくダムダム弾のようなモテ系もいます。

ほかに、本当にモテない**「圏外」**の女子もいます。彼女らは、モテようという努力をはなから放棄しているか完全に間違った方向へ努力していて、男子百人中百人から「あれだけはナシ」と言われてしまうレアな存在です。

ところで。

今まで私は、女子をこんなふうに**「モテ系」「モテない系」「圏外」**という3タイプでざっくり分けて語ってみたのだが、もちろんたった3つのタイプで分けるのはそもそも無理がある。どうしても境界線上の人がいたり、どちらの特徴もあわせ持ってる人がいたりします。

なかでも気になるのは、**「モテ系」と「モテない系」の間**でした。女性性をアピールして積極的にモテを目指している人と、意識的にモテから距離を置こうとする人と……

その間には、どっちつかずの人が確実にたくさんいる。そしてそこにも、なにかしらの特徴がある。

この層は地味ゆえにあまり視線を向けてこなかったけど、けっこう語れるものがあるんじゃないか……。いままで私がわりと極端な例で語ってきた「モテ系」・「モテない系」の間に横たわる、この微妙な部分**「ドリカム層」**についてほじくってみようと思ったのがこの本です。

ほじくって、何が生まれるか？　何も生まれません。いままでどおり生産性とかは全然ないですよ。

なんで突然「ドリカム」？　と思われそうですが、それは中で書くから、ね！

1 ふつうの女子、ドリカム層 8
2 ドリカム層 with オフィスカジュアル 17
モテない系の呻き(1) いつまでも恥ずかしい 28
モテない系の呻き(2) 流行に流されてるのではありません 29
3 ブラひもと缶ビール男子 30
モテない系の呻き(3) 半径10m以内のイケメン 42
モテない系の呻き(4) 「メガネ男子」とひとことでは言えません 43
4 消極的合コン 44
5 ドリカム層とドリカム 53
6 ドリカム層@インターネット 69
7 癒しVSスリル 81
モテない系の呻き(5) 美容院こわい 90
モテない系の呻き(6) 私を野球観戦に連れてって(本気で) 91
8 ドリカム層の一日 92

（7）日傘はもはやボケだ 102
（8）夏より冬、南より北 103

9 田舎のナチュラルドリカム層 104
モテない系の呻き
（9）いつまでもよそよそしく 112
（10）総天然色・オールカラーへの道 113

10 ドリカム層の履歴書 114
モテない系の呻き
（11）ガールじゃねえだろ 124
（12）エネルギーは一応あるんです 125

11 ママ文化の甘い海 126
モテない系の呻き
（13）親の目で無償の愛を 136
（14）小声です 137

12 ドリカム層への合流 138
モテない系の呻き
（15）希望を捨ててみようか 153

おまけ モテない系とセックス 154

もくじ

1　ふつうの女子、ドリカム層

私は、勝手な定義で世の中の女子を「モテ系」「モテない系」「圏外」の3タイプに分けたけれど、この区別はグラデーション状で、当然、どっちとも言えないような人はたくさんいる。実はその「どっちとも言えない人」って見逃せない存在なのではないか……というのが、モテない系についての本を書いた後の私の関心であった。

「どっちとも言えない人」で特に気になるのは、モテ系とモテない系との間に薄く広く存在する層でした。モテ系ほどに「モテ」について積極的に攻めていくタイプでもなく、かといってモテない系のように自意識の迷路の中に自ら潜り込んでいくほどめんどくさい考え方をしていない人たち。

言い換えれば、「ふつうの女子」なのかもしれません。しかし、ふつうならふつうで、何を基準にして「ふつう」なのかが気になります。

女子のモテヒエラルキー
ボディタッチ多め
わきが甘い（というか甘く見せる）戦略派
まだまだ息の長いゆるふわ
モテ系
モテない系
ドリカム層？
めがね
前髪パッツン
どーでもいいッスわー
ジャージ
圏外
絶滅危惧種
何でしょうか？

それから、私にはもう一つの関心がありました。

モテない系は本当に、40代50代、あるいは80代になっても、やはりモテない系なんだろうか。


40〜50代については、モテない系スピリットを持つ方が存在することはどうやら確実なようです（既刊『呻け！　モテない系』の投稿文もご参照ください）。

ただ、残念ながら、わたしは全員がそうとは思えない。10代から30代くらいまでをモテない系として過ごした人の大半は、その強固な自意識がいずれ和らいで、どこかしらに吸収されるような気がする。いつか、○○ちゃんも丸くなったねって言われるような気がするんだ。その先はなんなのか。

その落ちつく先というのが、おそらくさっき書いたような、どっちとも言えない「ふつうの女子」だと思うのです。

だから要は、これから書いていくのはどっちとも言えない「ふつうの女子」のことなんです。「ふつうの女子」とモテない系女子との関係性について、探り探り書いていこうと思っています。

で、「ドリカム層とモテない系」っていうタイトルは何なのか、っていう件ですけど。

80代のモテない系って…
まずニコ動チェックしてから今日買ったマンガ読んで、CD聞いて、ラジオ聞いてからじゃないと寝れないの!!
もう10時だろ体に悪いよ〜寝てくれよぉ
カタカタ
こんなふうになるんだろうか!!
(それはそれでかっこいいね)

「ふつうの女子」について具体的なイメージを持ってもらうために、強引だとは思いつつも、私はとりあえず言い切りたい。

ここで話題とする私の思う「ふつうの女子」とは、「なんとなくドリカムが好きそうな女子」である！

「なんとなく」というところもポイントとなってきます。カラオケでたまに歌うけど有名な曲しか歌えない、CDも何枚か持っているが全部そろえているほどではない、ライブも足しげく通うわけではない（あるいは行かない）。だけど、好きな音楽は？と聞かれると、ドリカムかな～？と答える。このくらいの女子です。モデルとしては一応20代後半から30代くらいを想定しています。

モテ系とモテない系の間を薄く広く覆うような形で、こんな女子が大量に生息していると私は思うのです。だから私はこの層を「ドリカム層」と名づけました。心底ドリカムが大好きで熱心に応援している方々からすれば失礼きわまりない呼び名かもしれませんが、むしろそういう人たちはドリカム層には入りません。浅いからこそそのドリカム層なのです。

そういえば私は今まで、モテない系のことをモテない系と名づけ、それに対する人たちのこと

ドリカム層をイラストで表すのは
ほんとうにむずかしい

こんなかんじ？
ド
え…
特徴なくて
すいません……
→わかりやすいよう
ド印をつけておきます

なぜならふつうっぽいから…

もモテ系と名づけていろいろ書いてきました。「系」でジャンル分けしてきたわけです。じゃあなんで今回はドリカム層なんでしょうかね。

実はこの言葉を思いついた時点で、私は最初から無意識に「ドリカム系」ではなく「ドリカム層」と名づけていました。なんとなく「層」にしてしまったのには、やはり理由があるはずです。自分で自分をほじくり返してみます。

思うに、モテ系は、モテを目指している。モテない系は、意図的ではないにせよ、モテない方向を目指している。それぞれ、「モテ」「モテない」という点でくくれる系統なんです。「派」といってもいいかもしれません。

それに対してドリカム層は、まんなかにいるゆえに、明確な特徴とか志向は見つけにくい。ドリカムが好きな人をドリカム層と名づけた、というわけではありません。モテ系とモテない系の間を覆うような形で存在するどっちつかずの人たちを、「ドリカムを好みそう」という憶測でむりやりくくってから名づけた、というだけです。ここは本来、グラデーションの部分なんです。「モテ系」と「モテない系」に挟まれているという、単に位置的な問題。だから「層」です。層は分厚くてふわっとしている。

「層」だからね。
モテ系
あいまいなこの間の部分
層
モテない系

でも、この連載ではその人たちに無理やり共通の特徴を見出そうとしております。しぼれば特徴なんていくらでも出てくるんですよ。意図的に何かを志向しているわけではない人たちが、無意識に目指してしまっている素の姿のようなもの。

つまり、ドリカム層にはこれといって志向がないために、今の日本の女の人の素の部分である、最大公約数的な要素がたくさん入っている。だから、おそらくドリカム層の特徴には、誰でも何かしらは思い当たる要素があるはずです。

でも、その特徴とあまりにも一致する「ドリカム層どまんなかの人」に対しては、特にモテない系は理由の分からないもやもやした嫌悪感をもよおすと思う。ドリカム層は、モテない系がどうにも好きにはなれないタイプなのです。でもそれを「嫌」と言い切ってしまうと、ただ自分に罪悪感が生じるだけ。嫌いと言ってはいけない感じ。なんなんだこの厄介な感情は。

っていうことを、これから書いていけたらいいな。

2 ドリカム層 with オフィスカジュアル

あいまいな言葉で説明を重ねても分かりにくいので、まずはドリカム層の典型例をビジュアル的にまとめて、ひとつのモデルを作ってしまおうと思います。ドリカム層になりたいという貴女はぜひこちらのコーディネートをお試しください。

全体のファッションは、一言でいうと「無難」。派手な方向にも奇抜な方向にも、冒険はしない。

まずは髪型。染めても茶髪までで、長さはボブからセミロングくらい。パーマはお好みで、あくまでもゆるめに、しかし「甘め」と言われるような雰囲気はあまり出さないように。

メイクはなるべく薄く。しかし、スッピン臭がするのは良くありません。ファンデーションは必ず塗りましょう（いちばん大事です）。アイラインは薄く、アイシャドウは入れたいなら黒系ではなくピンクなどの薄い明るめの色で、全体的にアイメイクには凝らないように。チークもできるだけ薄く。

ファッション傾向は、一般に「オフィスカジュアル」と呼ばれるようなスタイルが最適です。オフィスカジュアルという言葉の矛盾っぷりはとりあえずおいといてください。ツインニット・アンサンブルが良いですね。スカートの場合はひざ丈です。ロング、ミニともに避けましょう。絶対ひざ丈です。

服の色は、パステルカラーか茶色系、モノトーン。茶色系やモノトーンについては、ほかの色の要素がうっすらと入ったもの（生成り色やカーキ色など）は避けましょう。ベージュ、茶、灰、黒、白といったように、分かりやすい色調がよいでしょう。ごくまれに赤いもの（ショッキングピンクやオレンジではなく、赤限定です）を身につけるとリアリティが増します。

暑い季節にも決して肩は出さないようにします。寒い季節のコート類は黒か灰色。いくら派手好きでも白までにとどめておきましょう。30代あたりからは日常でダウンジャケット（これも派手な色は禁止。黒よりも、茶色っぽいライトグレーが良い）を着ると、生活感も出てよいでしょう。

ピアス穴は開けなくてもいいです。開けた場合は、小さくて光沢のあるものをつけましょう。ネックレスは短めで銀色のものを。長めのをジャラジャラさせるのは禁物です。

靴は、バックストラップのパンプスが最適です。黒です。だから当然、黒か肌色のストッキン

あまりファッションを分析されにくい
ドリカム層のドリ子さん全身
わけめはこのへん。センターはNG
ド
公開処刑気分…
ツインニットは脱ぎ着できるからオフィスでの体温調節(実用)向き
爪はわりと手入れしそう
ひざ丈死守
ストッキング
こういう靴好きそう

グもはきます。カラータイツなどもってのほか。ブーツの場合も黒で、装飾は少なめで。スニーカーは別に持っていなくてかまいません。テーマパークやアウトドアなど、どうしてもスニーカーが必要なときは、近所のスーパーなどで買うといいでしょう。どうせそんなに履かないです。

さあ、このファッションを実践すれば、貴女も明日からドリカム層らしく、つつましやかに見えることまちがいなしだと思います。

思うに、ドリカム層のファッションは実用の要素がかなりの割合を占めている。スニーカーなんて実用的な目的でしか履かないし（だから子供がいる場合は履く機会が増えそう）、アクセサリーもかなり控えめ。

そしてなにより、会社に行くときと休日の外出でほとんどファッションに変わりがないというのが大きな特徴である。

モテない系は休日の「ハレ」のファッションを大切にします。休日にたとえジャージでいようと、彼女にとってそれは義務から解放された「ハレ」のファッションです。逆に会社勤め用のオフィスカジュアルは忌むべきもので、いわば「ケ」ですから、肌色ストッキングなんてものは必要時以外は極力脱いでいたいのです。

休日のドリ子氏とモテない系
SHOP
なんで日曜なのにあんな会社行くようなカッコしてるの!?
ストッキングはいてるし!!
←おめーこそジャージで外出はやめろって話なのだが。

だから、休日も平日もよりによって同じようなストッキングをはいて平気でいるドリカム層は驚くべき存在です。服はあくまでも地味、だけどストッキングや（低めの）ヒールという窮屈な最低限の女性性は身から離さない、というドリカム層のアンバランスさは、モテない系には理解できません。

ドリカム層のこういうところを見るにつけ、モテない系としては内心でツッコミ欲が渦巻いてストレスがたまるんじゃないかと思うのです。

ほかにもドリカム層には、モテない系から見るとどうしてもごくわずかな違和感を覚えざるをえないファッションが多い。

たとえば、最近私は「黒ハイソックスは見せるもんじゃねーだろ」という点で友人と意見が一致いたしました。

シンプルな黒ハイソックスって、たとえばジーンズにスニーカーとか、スカートにロングブーツとか、靴下があまり見えない場合に「一応」の扱いで履くための靴下だと思います。少なくとも私はそういう認識です（ニーハイについては全く立ち位置が変わってくるので除く）。

しかしドリカム層には、ひざ丈スカートにパンプス・ミュールなど、思いっきり靴下が見えるときに黒ハイソックスをはいている人がいる。

結婚式のドレスもつい気にしてしまうよ

ひさしぶり〜
上が明るい色なら下が黒ストッキングってのはないだろ?

いちいちピーコみたいに見てはいけない

ほかにも、黒いパンツ、黒いストッキングときて、靴だけが微妙に黒ではないこげ茶色のパンプスだったりとか、無難そうなベージュのコートに無難そうなベージュのパンツを合わせ、結果として全体的には無難でなく老けた感じになってしまったりとか、無ければシンプルでいいのに！　と思うリボンが付いているバッグを持ってたりとか……。

モテない系からの視点では、一部のモテ系女子がまとう、パステルピンク、パフスリーブ、デニムのミニスカートで露出多め、といった思いっきり甘いファッションのほうがまだ統一性を感じるので納得がいく。逆にモテない系自身は甘さをほとんど拒否し、リボンやフリル、過剰な肌出しをストイックに避けることがあるが、これはこれで一貫性があるので、自分で納得している。しかし、部分部分で「なぜそれを？」と思うようなチョイスをしているのがドリカム層なのです。その中途半端さがモテない系にとっては大変な違和感となるのだ。

えー、この書き方だと単に、ドリカム層がファッション的に劣っている、と表現しているかのように見えますが、ここで見落とせないのは男子からの視線の件です。

ほとんどの男子は、モテない系が鋭敏に感じ取って勝手に呻いてしまう違和感なんてものを意識しません。おしなべてドリカム層を「ふつうにかわいい」と見ます！

一般男子からのファッションの評価は、モテ系＝「とてもかわいい」あるいは「がんばりすぎてて近寄りにくい」、モテない系＝「変わってる」、ドリカム層＝「ふつうにかわいい」です。彼らが違和感を覚えるとしたらむしろモテない系の無意味なこだわりのほうだ。

色の組み合わせがどうとかリボンがどうとか、どうでもいいんですよ！ そんなことにこだわってるのはモテない系女子だからなのです!!

ドリカム層は、たぶんモテない系とは全く違う基準でファッションを取捨選択している。社会性のある大人の女性という面を重視し、女性性を保つことを義務としていて、女性性がないことはだらしないことだと思っているはずです。その一方でファッションのバランスとか、自分なりの服のこだわりとかいうことについては比較的重要度が低い。

つまり、ノーメイクで外出したり、部屋着同然の服で人と会ったりという許容範囲はモテない系よりはるかに狭いけれど、全身で見た色づかいや小物とのバランスなどはさほど気にしない。だからきっと、モテない系から見たときには無頓着に映ってしまうのです。

ブランドの使い方にも差が出ます。ドリカム層は「大人の女性として、財布くらいはしっかり」といった観点でなんとなくヴィトンやコーチの財布を使っていたりするけど、統一性よりも現実

ドリカム層withオフィスカジュアル

ごく一般の男子目線ってこうだろ。
キレイ…だけど
ちょっと怖い
かわいい
（手ごろ）
個性的
だよね…
会社に着てく
服がないよ
モテ系
（完璧タイプ）
中間にいる
ドリカム層
モテない系
この間に、服はそこそこで
中身が完璧なモテ子がいるのだが
ややこしいのでこの図では無視。

的問題を大事にするので、バッグは高いからノーブランドということもありえます。もちろん、彼氏（ダンナ）からブランド物を買ってもらえることがあれば、よほど気に入らないことがない限り喜んで使います。そういうところに大きなこだわりはない。

そんなわけで、義務的な女性性を保ちつつもこだわりの少ないドリカム層は……モテます。絶対モテます。

ファッションだけで見るなら、ばっちり決まりすぎのモテ系よりも断然取っつきやすい。特に結婚相手として見ればいちばん好感度が高いでしょう。お見合い向きとも言えそうです。

うらやましい限り……と言えそうなところですが、なぜかそんなにうらやましくならないのはなぜだろうか。私はやっぱりモテ系のほうがうらやましい。その理由は、モテている対象の性質にもよるような気がする。ということで次章。

モテない系の呻《うめ》き

「モテない系」を自認する皆さまから寄せられたご相談に、能町が無責任に答えます。

（1）

いつまでも**恥ずかしい**

オトナの女は、くだらない下ネタのギャグなどにはまゆをひそめつつも、自分のセクシーな部分は自覚しているものです（たぶん）。しかし、モテない系ってまるっきり逆なんだよな。

Q

いきなりですが、下着のことを「ブラ・パンティー」と呼べません。なんか恥ずかしいんです、卑猥なカンジがするんです。私が呼ぶとき、ブラは「ブラジャー」とか「ジャーブラ」、パンティーは「ぱんつ」。ブラだのパンティーだの、己らは亀仙人か!? とツッコミたくなります。

（ハルさん・25歳・会社員）

この前、ある雑貨店に行きたかったのですが、そこに行くには水着のコーナーを通らないといけませんでした。「おまえが水着！」とはだれも思ってないんでしょうが、どうしても水着ゾーンを通ることができませんでした。結局、雑貨店には遠回りして行ったのですが、こんな私はモテない系に属するんでしょうか？

（Kaさん・22歳・広告デザイナー）

A

下ネタ芸には笑ったりするくせに、なぜか現実的な自分の下着とか水着のことになるとやけに恥じらうモテない系。皆さまは性に対してまだ過剰反応な、小学校高学年くらいの乙女なのです。ハタチを過ぎても、いやミソジになってもこの感覚は抜けまい。モテない系とはつまり加齢乙女。なんて可憐なのでしょう！　…と思うのは私だけかもしれないや。不思議なことに、彼氏やダンナができても、きっとこの感覚って続くんだよね…。

流行に流されてるのではありません

モテない系はディープな趣味を持つことが多いものですが、読書や映画など、一単語で言い表せるものならまだマシなほう。理解されにくい趣味のほうがいっそう深入りするし、趣味にかける情熱も高まってしまうようで。

Q

子供のころから、食品サンプルが好きで好きでたまりませんでした。今では部屋中がコレクションであふれています。最近、デコスイーツなどのプチ食品サンプルも若い女性に人気があるといいます。私もその流行に乗ったと思われるのではないかと思うと、本当に気に入らない。私は自分の信念を貫いて生きてる！と大声で主張したい、でもあんまり主張できない。そんな私の今一番のお気に入りは天ぷらのストラップなのですが、なんせこれがリアル。いや、そこが私は好きなのですが、リアルすぎる天ぷらのストラップをケータイにつけ、「それ何？」と聞かれた途端に、待ってましたとばかりに食品サンプルの素晴らしさを語りだす、そんな女がモテるわけもなく…。

（天麩羅さん・23歳・事務職）

A

食品サンプル集め。…確かにマイナーでディープな趣味ですけど、十分に薄めればモテ要素としても使えますよ！　だって、いっそ流行に乗ったことにすれば、デコスイーツで「かわいい」と言われる可能性さえあるじゃないですか。どう扱うかはあなた次第なんですよ！　…でも、ふだんから薄めずに原液で振りまいているような感じなんだろうなあ。私はそういうあなたが大好きですがね。

3　ブラひもと缶ビール男子

モテ系とかモテない系とかさんざん言ってきた私ですけど、ほんとはモテっていう話題とはなるべく遠い所で生きていたいんですよ。「ドリカム層」という字面には「モテ」が入ってないのでちょっとホッとしてしまいます。モテ系の子を「モテ子」と呼んでいたように、今後は親しみやすくドリカム層の子を「ドリ子」と呼ぶことにしますね。

さて、ドリ子たちのファッションを雑誌で表すならどのへんでしょうか。

おそらく、with や MORE のような方向性が最もドリ子っぽい（実際のドリ子の年齢よりも読者層は少し下ですが）。これらのファッション誌を見ていると、色合いは主に白・黒・グレーと、赤・紫・ピンク系。オレンジや緑には流れにくく、細かい花柄を好みます。

ただし、これらはあくまでもファッション誌なので、誌面上のファッションはドリカム層的ではあるものの、しっかり統一性が取れています。しかしこれらの読者がこのとおりのファッションをできるわけではないので、どこかでうっかり外してしまいます。それがモテない系から見ると違和感につながるのです。

また、もう少し年齢層が下がるとnon-noになるのですが、non-noはノリが学生っぽいのでまだ色づかいが派手で、この時点ではモテない系の要素も十分入っています。non-no読者はあくまでもどっちつかずの予備軍的立場。これを読みながら、実際の格好はドリカム層的になってる子も、モテない系的になっている子もいるはずです。non-noの後、社会人になる際の心持ちによって、ドリカム層に分類されるかどうかが緩やかに決まってくるんじゃないだろうか。

また、これは言いづらいけれども……私はwithやMOREなどの雑誌を見ていて恐ろしいことに気づいてしまったんだ。

それは、誌面の企画などに登場する読者がことごとく実年齢よりも上に見えてしまうということ！

withには「with girls委員会」なる読者集団があって何かと誌面に登場しますが、モテない系の皆さまが見たなら、実年齢、その名前（たぶん自称のペンネーム）、ブログでの語り口など、いろんなところに違和感を覚える面々だと思う。これはwithに限らず、ドリ子が愛読しそうな

××ダイエット
がんばります☆
読者モニター
みくゅさん(25)
えー老けてない?
主婦っぽい。子供3人いそう

雑誌相手になら何とでも言える
鬼のような我々。その熱意を
スキンケアにかたむけろ

雑誌の登場人物ほぼ全体がそうです。

彼女らは、明るく前向きに、女性的で、大人であろうとしている。人間である以上、悩みや妬みや欲望、あるいは男性的で粗野な部分が多少なりともあると思うのですが、彼女らを含むドリカム層にはそういった部分をまざまざとさらけ出すのは望ましくないという意識が強いのだ。だから、物わかりがよく、とんがってない感じになり、幼稚な部分がそぎおとされて、モテない系が見た場合に実年齢より上に見えてしまうのではないだろうか。

つまり、年が上に見えるのは、所詮はいつまでもガキっぽいモテない系が斜に構えて物を見ているからなんだよ。

どちらが年相応かと言ったら当然ドリカム層の方。人は誰でも老けてゆくというのに、モテない系はうまいこと年齢相応に大人になっていくのが下手なんです。

ところで、前章で「ドリカム層はとっつきやすいので場合によってはモテ系よりもモテる」というようなことを書きましたが、ドリカム層の「モテ」についてもうちょっと深入りしてみたい。

自意識が強すぎて、恋愛での自らの動き方について考えすぎてしまうモテない系に対し、ドリカム層はメールもマメだし、そこそこ絵文字も使う。合コンにもわりと楽しく参加する。それなりにモテるから、結婚するまでに三、四人くらいとつきあうのが標準的かと思う。

ま、ここまではかなり「ふつう」な「色気」についての自覚が少なめです。

しかし、ドリカム層は自らの「色気」についての自覚が少なめです。

意図してないのにうっかりブラひもが見えちゃってたりするのはだいたいドリ子だ。

モテ系なら、うまくセーブしつつ、ここぞというところで自分の「色気」を使えます。逆にモテない系は、自分の色気成分をとにかく隠そうとします。だからどちらも意識的ではあるのです。

しかし、ドリカム層は自らの色気にわりと無頓着で、出そうとか隠そうとか、さほど意識しない。

だから色気はブラひもみたいにうっかりダダ漏れしちゃってるわけで、それは男子から見れば「スキ」であり、無意識な誘いだ。モテ子の戦略とドリ子の無頓着は、同じくらいのパワーを持ってるんじゃないかと思う。

つまり、モテない系がよく言われる「ふつうにしてればモテるのにね」というのをまさに実践している「ふつうにしてる人」がドリカム層なのです！　あやかりたい！


で、そんなドリ子はどんな男子にモテるのか。モテるのは単純に考えればちょっとうらやましいことだけど、「別に好きじゃないタイプから好かれても面倒なだけだし、モテにカウントされない」というスタンスを持つモテない系としては、ドリカム層がどういう男子を引きつけるのか

胸が大きい女子の場合。
モテ子
モテない系
谷間!!
隠そうとするが
逆効果で強調
(失敗例)
ドリ子
ここがスカスカで
上からだとよく見える
片方
ブラひも見えてる
こんにちはー
あ、こんにちは…
ブラジャー白だな〜
ド
たぶん意図はしてないの
ただの油断なの

は押さえておきたい。

いや押さえる必要性は全然ない。ただ勝手に分析したい。

例えばモテ子は、まだ恋愛経験の浅い学生には確実にモテるでしょう。「割り切ったおつきあい」をできると思われやすいので、火遊び（死語？）大好きな既婚者や小金持ちみたいなタイプにもモテそうです。

それに対して、ドリ子は年上からは頼りなく見られがちなので、会社のおじさまたちから子供のようにかわいがられやすいけど、それがモテかどうかというと、ちょっと微妙である。ドリ子をターゲットとするのはもっと若い層。「缶ビール男子」である！

あ、また新しい言葉を勝手に増やして恐縮です。

「缶ビール男子」とは？

それは、一人で家で缶ビールを飲んでそうな男子であり、それがいかにも似合う男子であり、資源ゴミの日にはまぁ見事に大量のビールの空き缶を捨てる男子のことだ！

缶ビール男子は外見も収入も平均的で、服装に無頓着だ。缶ビール男子はストライプの入ったスーツは着ないけどピンクのワイシャツはたまに着る。缶ビール男子は先のとがった革靴を履かない。缶ビール男子はあんまり料理をせず、夕食はコンビニ弁当と缶ビールでも平気だ。缶ビー

缶ビール男子!! の夜。
アイツやっぱ使えねーなって
MEGADETH
テレビはでっかいの買う。
床に直座り。
↑サッカー中継

ル男子はサッカーと格闘技が好きだ。缶ビール男子はたぶん営業職。缶ビール男子は漫画雑誌は読むけど本はあんまり読まん。缶ビール男子はドラゴンボールやワンピースが好きだ。缶ビール男子の趣味はあんまりないけどフットサルくらいはするしアウトドア系は嫌いじゃない。缶ビール男子はあまり整理されてないフローリングの部屋に住んでいる。男性社会人のかなりの割合を占めると思われる、それが缶ビール男子！

こだわりもプライドもそんなに強くない缶ビール男子は、同じようにこだわりが薄く、しかもスキがあるドリ子に好感を抱くはずです。
『今日は楽しかったよ(^^　また今度飲もうね(^0^)／』
このくらいの、あまり凝っていない顔文字を使い、缶ビール男子はドリカム層を取り込むにちがいない。

ドリカム層は恋愛について戦略的に考えるのは不得手です。自分からメールでアプローチくらいはするけど、複雑な駆け引きとなると苦手になってしまう。まして不倫や略奪なんて言葉とは無縁で、セックスまでの壁はかなり高め。だから、「お互い割り切ったおつきあい」を狙うような手だれの男子からはあまり好まれないし、自分からもあまり好きにならない。

だから、ストレートに意志を伝えてくる缶ビール男子には、ドリ子のほうからも好感を持ちやすい。お互いぴったりくるはずなのです！

で、モテない系の方々はこんな缶ビール男子を好きかどうかって、そりゃ聞くまでもなくあんまり好きじゃないと思います。じゃあ総合的には、缶ビール男子にモテてるドリ子という構図はさほど羨ましくもない、ということになる。

でも、なんかね、なんだか分からないがちょっと悔しいような感じはあると思うんですよ。

悔しい理由はたぶんその完成度の高さなんですよね。

缶ビール男子とドリ子のカップルは、おそらくいちばんデートらしいデートをする。雑誌やテレビで紹介されたところや、ディズニーランドなどのテーマパークに行くドライブなど、絵に描いたようにハッピーなデートをするのだ。テーマパークの広告に出てくるようなデートと言ってもいい。彼らは幸せそうに見えるカップルの代表格ですもの。

この幸せ感は、自らにも彼氏にも高望みをしたり、戦略的な甘えや媚びによって男を落としていくようなモテ子でも出すことのできないものです。モテ子のカップルは、なんかすぐ別れそうに見えますからね。

カップルとしての幸福感という分野では頂点に立つドリ子。おそらく王様のブランチなどのラこういうポスターに出るカップルって、ドリ子っぽい。

ウニクロ
ド
外見で
最上級の
ドリ子って
ところか。
はーん
うらやましくは
ないよね

ンキングものを見て、二人で流行のものを買ったり、話題のお店に行ったり、最新ジブリ映画を（オタク的観点ではなく）観に行ったりするんだ。

べつに羨ましくないよって口からは出るけど、なぜか内心凝り固まるこの悔しさのような羨ましさのようなものはなんでしょう！　ねえ！

モテない系の呻き（3）

半径 10m 以内の**イケメン**

イケメン、それは日常に現れる違和感。「美人」よりもレアな存在。モテない系はイケメンが好きなわけじゃないのに、イケメンが半径 10m 以内に近づくと、卑屈な気持ちが化学反応を起こして BEEP!　BEEP!　と警戒音が鳴ります。どうしたらイケメンをうまく処理できるでしょう？

Q

職場の先輩が世間一般でいう「イケメン」です。それゆえ、先輩を信用できません。ちょっとでも褒められたり、優しい行動に出られると「この人、陰で私のことバカにしているのではなかろうか」とか「自分の株を上げるのに必死だな。プッ」とか無駄に冷ややかな考えを持ってしまいます。案の定、まともな会話はおろか、目を合わせることすらできません。恐ろしい。
今まで「人は見た目じゃない」と思っていたのですが、思いっきり見た目で判断していますね。おかげで自己嫌悪です。
（いまい・22歳・団体職員）

A

ええ分かります。美人（同性）なら純粋に鑑賞しちゃうし今さら嫉妬もしませんが、イケメンのほうがむしろ対応に困るってもんです。イケメンに対する卑屈さを解消するためにはどうするか。そう、イケメンをカッコ悪くすればいい。今後彼と接するときは、彼に「あつあつおでん」を食べさせるシーンを想像しましょう！　あつあつの卵を口に含んでホハホハ言いながらぶざまにゆがむ顔。大丈夫、笑えます。どんなイケメンであろうともう怖くありません！

「メガネ男子」とひとことでは言えません

「メガネ男子」という、モテない系女子が好みそうなジャンルが定着してきました。しかし、だからといってメガネをかけてりゃなんでもいいわけじゃない。ブームがどうあろうと、モテない系にはそれぞれに譲れない部分があるのだ。

Q

メガネをかけた男性、というのは、異性を意識し始めたころから好ましく思える存在でした。ところが昨今、「オシャレとしてのメガネを楽しんでいる男子」が増殖したことで、私の中にある種の不快感がわいてしまったのです。「メガネってこんなに喜々としてかけるもんだったかしら」。私の愛したメガネ男子はその大部分が仕事中、授業中などの必要時にかけて、それ以外のときは外していなかったかしら。パートタイムメガネでも生活に支障がない人は、できれば必要時以外は外して持ち歩いてほしいのです。かけたり外したりする一連の姿にときめきを感じる女子がいることを昨今の「オシャレメガネ男子」は気づかないのでしょうか！

（m-rock さん・29 歳・派遣社員）

A

「メガネ男子」、もうジャンルとして定着した感がありますね。しかしモテない系は、ブームのものが定着したと同時にそれに安易に便乗する人たちを嫌悪するのだ！ m-rock さんのこの身勝手な嫌悪（いい意味で）はまちがいなくモテない系の属性ですよ、おめでとう！ 「メガネの男子は、必ず私の思う〝メガネ男子〟のコンセプトに沿った形でメガネをかけるように！ それ以外は認めない！」…って、勝手すぎ。でもその気持ち、超同意。

4　消極的合コン

今まで女子の話ばかりしていたのに、前章で缶ビール男子について触れたので、この勢いで男子の話から入ろうと思うよ。

『くすぶれ！　モテない系』の本でも少し触れたんですが、モテない系女子の中身を生き写しにしたような自意識過剰な男子はモテない系ではないと思う。むしろそういった男子はモテ系です。ただし、主にモテない系女子地域を中心に、ちょっと地域的に偏ったニーズのあるモテ系である。だから、本人には自分がモテるという意識はあまりないことが多い。

こういう男子を文系男子と呼ぼうかと思ったけど、よく考えると理系男子もここに入りそうだからややこしい。両方まとめて人見知り男子と言うことにしておこうか。

で、人見知り男子が地域限定のモテ系なら缶ビール男子は何かというと、ランク的にはこれこそが男子のモテない系だと思います。

ヒエラルキーは
こういう感じかなあ？
男
モテ系(レア)
モ先遊ばせちゃったりしてね
人見知り男子
(地域限定モテ)
缶ビール男子!!
女
モテ子
ドリ子
モテない系
下は略。

と言っても、モテない系女子とは根本的なところが違う。

まず、過剰な自意識にしばられていない。自分がモテるとは思っていないけど、恋愛に対してはわりと積極的だし、ふつうに出会いを求めていくはずです。順位をつけるとモテ系男子の下に位置するという、ただそれだけです。缶ビール男子を「モテない系男子」と呼んでしまうと事態はさらにややこしくなるので、あくまでも缶ビール男子の呼び名のままで行こうと思います。

なんだか定義づけで面倒なことばかり言ってきたが、そんなのはどうでもいいんだ。要は私が言いたいことは、出会いを求める缶ビール男子はきっと合コンが好きだってことなんだよ。そういう話がしたいんですよ。


ではここで、ある缶ビール男子が幹事となって合コンをする、という仮定の話を始めたいと思います。

缶ビール男子＋合コン。モテない系にはだいぶ縁のなさそうな話ですが、まあ聞いてください。生涯合コン数わずか3回の私がほとんど妄想で語ってんだから。

さて、缶ビール幹事が合コンで人集めをするとき、ごく親しい数人の男子（おそらく同類の缶ビール男子）は深く考えずに誘うでしょう。缶ビール男子の結束感は妙に強い。利害関係の少ない爽やかな男の友情というものを彼らは持っているように思う。

さて、メンバーが足りないときに、彼らはどんな男子を集めるだろうか。

おそらく、自分より「モテ的にはやや格下」と思われる人見知り男子を連れて行くんじゃないかなあ。45ページのヒエラルキーの図では缶ビール男子のほうが下なのだが、彼ら自身は消極的な人見知り男子のことをモテないと思っているはずだ。

別に「コイツがいれば俺が引き立つ」というよこしまな気持ちばかりではないですよ。「モテなさそうなコイツに彼女を作ってやらなきゃ」というお節介の場合もあるでしょう。でもどっちにせよ、その人がいることで自分が損をすることはない、という計算に基づいて彼は残りのメンバーを集めると思うのです。だいたい、缶ビール男子の交友関係内に飛び抜けてモテそうな男子がいることは稀だ。

まとめると、缶ビール男子による合コンの男側メンバーというのはたいてい、盛り上げる缶ビール男子チーム数名と、かき集められた消極的でおとなしめの人見知り男子、となるわけです。

さて、幹事の女子との接点（つまり女子側幹事）は誰か。これは仕事のつきあいとかなんとかでいろんなパターンがあるでしょうが、缶ビール男子が狙いたい層ということで、ドリ子が幹事っ

モテない系はピュアな気持ちに弱いんだ
えっ…
ピュアな目しやがって…私の「おもしろさ」はきっとキこの求めるモノではないぞ…
合コンの人数足りなくてXX子ちゃんだったらおもしろいし盛りあげてくれそうだからお願いて!!

てことにしましょう。

ドリ子幹事はどんな女子を誘いますかね。ま、親しいドリ子の友達は誘うでしょうね。それでもメンバーが足りない場合。……そこはやっぱりモテない系なんじゃないかな。

モテない系は、個性強めでおもしろいけど男ウケは悪いと見なされる。ドリ子としては好都合です。

いや、ドリ子はそこまでの計算をしてないかもしれない。単に、「おもしろい子だから合コンを盛り上げてくれるかも」と純粋な気持ちから誘ってくるかもしれません。

ともかくこの流れで合コンに誘われて、はい、貴女は参加することになりました。なったとします。さあどうする。

「どうにか適当にやりすごす」ですか。うん、それはすごく分かるけど。ちょっとそれは置いといて、一応どこか狙うつもりになってみてください。狙うとしたらもちろん、「消極的に合コンに来ている人見知り男子」を狙いますよね？（このへんは前作の『呻け！モテない系』も参照していただきたい）。

幹事の缶ビール男子ってのは、まー場を盛り上げてくれますよ。しかし、そもそもモテない系女子は一般的にあまり合コンを好まない。だから、合コン大好きな盛り上げ役の男子は残念なが

光るものを勝手に見いだすかどうかっつー話
モテ子
暗そう…。ないわー…
モテない系
青空文庫も読めるよ
こんなアプリもあって…
IT系詳しそうだし文学も知ってそうで指がキレイ!!

ら即却下である。

だいたいそういう人って、つまんないんだもん！

ディープな話題を好み、エグめの話も受容するモテない系女子にとっては、缶ビール男子の話は物足りないことこのうえない。だから、あんまり積極的に発言しない人見知り男子メンバーの中から逸材を捜すことに集中するのです。本人が「人見知り、根暗、オタクっぽい」と自認していて、モテるという自覚が全然ないような人見知り男子の中にも、たまに光るもの（あくまでもモテない系女子にとってですが）があることをモテない系女子は知っています。

となると、この合コン、〈缶ビール男子×ドリ子〉と〈人見知り男子×モテない系女子〉という組み合わせができる。あれ、意外といい結果が出るじゃないですか……！

だから、缶ビール男子とドリ子が中心となって行われる合コンも捨てたもんじゃないかもな、と最近の私は思うのです。

もちろん、ちょうどいい具合の人見知り男子が必ずいるとは限りませんけどね……。お互い人見知りすぎて全く何も起こらないことの方が多いし……。

ちなみに、もしも女子側幹事がモテない系で、参加メンバーに一切ドリ子がいなかったら。缶ビール男子がモテない系女子の中でいちばん容姿のいい人を狙うという、モテない系同士の中で表面化させてはいけない事実が表出してしまいます。

これでは世界平和が危ないです！　ドリ子は必要！

と、ここまで書いてみて、男も女もモテ系が登場してないことに気づいた。あれ、彼らはどこで何をしてるんだろう？

あのね、わたし、思ったんですよ。たぶん、モテ系の男女は、ほぼその内々だけで合コンが回ってんだ。

知らない世界ってたくさんあるんだな。

5　ドリカム層とドリカム

繰り返しますが、この本で取り上げている女子をドリカム層と名づけたのは「なんとなくドリカムが好きそうな人たち」だからです。

しかし、20代前半であれば「なんとなくドリカムが好きな人たち」の数は格段に少ないですよね。それは単に世代的な問題。ドリカムがヒット曲を量産していたころ（「LOVE LOVE LOVE」が２００万枚！）は95年前後です。そのころドリカムをいちばんよく聴き、カラオケで歌ってたような人たちのメインは今35歳前後というところでしょう。ドリカム層の中でも、ほんとうに定義どおり「なんとなくドリカムが好き」なのはこの世代と言えそうです。

じゃ、その下の世代は？

思うに、すぐ下に来るのはＥＬＴ（Every Little Thing）だね。

ドリカム層の「ドリカム」にあたるもの

AROUND 35
ドリカム
29歳差婚
(あと、眉ピアスの人)
AROUND 30
ELT
アヒル口
茶髪
?

誰にも嫌われはしない（が、決して「誰にも好かれる」ではない）、中程度の明るさとポップ感。ロックに寄りすぎず、バンドっぽさも薄く、カラオケで歌いやすい感じ。ドリカムのメジャー度にはさすがに劣りますが、今30歳前後のドリカム層はまちがいなくカラオケでELTを歌ってきた人たちでしょう。fragileとかを。

もともとドリカム〜ELTの頃は、ル・クプル、花＊花、キロロなどの「ほんわかユニット」が流行りでした。彼女らはドリカムやELTよりもさらに柔らかいイメージですが、柔らかさゆえにドリカム層には確実に愛されます。今はほとんど名を聞かない彼女らを当時こっそり支えていたのは、主にドリカム層じゃないかな。


しかしさらにその下（今25歳前後、またはそれ以下にとってのドリカム）となると、なかなか難しい。浜崎あゆみや倖田來未はギャルに寄りすぎる、大塚愛もちょっとターゲットが狭い、中島美嘉は歌手としてややメジャー感不足、宇多田ヒカルは逆にメジャーすぎて受け入れ層が広すぎ、aikoではモテない系とかぶる部分が大きすぎ。アンジェラ・アキは惜しいが、なんか歌が力強すぎて軽さが足りない。

もしかしてドリカム→ELTの後釜は空白なんじゃないか。それどころか、もう20代中盤あたりから下は、ドリカム層がそもそもいないんじゃないのか。正直、私自身が30歳を超えたから、下の世代の実態もよく分かんなくなってきてる。困りました。

しかし、そんなときはAMラジオを聴けばよかったんだ。いいのがいた。

いきものがかり。

前任（?）のドリカムやELTとちがってややバンド要素が強く、知名度も及びませんが、ボーカルの女＋曲作りの男という編成、分かりやすいポップさ、そして紅白歌合戦に出場することに如実に現れるメジャー感。後釜としての資格は十分でしょう。

ほかの候補として絢香やYUIの名もあがったのですが、彼女らはメジャー感は十分なものの、ソロだし、辞めたり休んだりしている（いた）という理由で当面はいきものがかりの方を後釜と認定させていただきます。

これからのドリカム層をしばらく支えていくのはいきものがかりだ！　おめでとうございます（たぶんほめてはいない）！

と、音楽ネタから入ったところでドリカム層の趣味について語りたい。

第3章で、ドリ子（と缶ビール男子）はランキングを気にするというようなお話をしました。

候補はいろいろいるんだが
とりあえず後釜任命。
美人すぎないバランス
男2人の存在感の薄さ
いきものがかり
っていうかドリカム層がかり
まだちょっと素人くさいよね

ランキング上位＝よいもの、という信念で進んでいく彼女らはいったいどんな趣味なのか。このへんはモテない系と徹底して相反するところです。

ランキングに左右されるということは、流行にも弱いということ。彼女らはCMで紹介される商品を欲しがります。その消費生活はすなわち中流。格差社会と言われる今、まだ「中流」を守るのはこの層だね。

また、上品で女性的な趣味を薄く広く持つという特徴も見えます。会社で回ってくるOL向けのフリーペーパーで紹介されるもののチョイス——料理、カフェめぐり（これはモテない系も共通）、アロママッサージなどのあらゆるリラクゼーション、英会話（あまり上達しない）など——は、ほぼドリ子向けに作られている。また、グッズとしてディズニーは確実に好みそうです。

本については、モテない系のように深入りはしませんが、こちらもベストセラーを中心に薄く広くカバーしてそうです。モテ子たちよりは確実に読んでるんじゃないでしょうか。

でも、音楽の場合は微妙かも。

メジャーなところを薄くさらっていくドリ子は、ジャパレゲやヒップホップなどを海外セレブ情報とごった煮にして好んでる一部のモテ子より、確実に音楽に深入りしていない。

ドリカム層は、持っているCDの数が20枚程度ではないかと推定します。持ってるCDが少ないからと言ってダウンロード購入や着うたに積極的なわけでもない。まれに、クラシックに傾倒していて大量に所蔵している人もいますが、例外中の例外でしょう。

彼女らが持っている音源（レンタルも含む）は、簡単にいえば、なんとなくテレビを見ていれば流れてくる楽曲のうち、ジャケットがギラギラしていないものです！　すなわちＥＬＴやいきものがかりなど前にあげたような女性歌手たちのほか、ミスチル、コブクロ、福山雅治、ポルノグラフィティ、GReeeeN、あとはジャニーズ（特に嵐）など。

そもそも彼女らはＣＤをめったに買わないうえ、ライブには行かなさそう。

モテない系はたいていライブが好きですし、モテ系にもモテない系にもクラブ通いが好きな人たちはいます。しかしドリカム層は音楽について、ほぼ動かない。誘われてクラシックコンサートやジャズライブへ、というのが限界値ではないだろうか。

「ドリカム層」と名づけたものの、実際にドリカムのコンサートに足を運ぶドリカム層は一体何割いるだろう。気になるところです。

さて、漫画はどうか。

モテない系について語るとき、少女漫画ジャンルでは岡田あーみんに触れないわけにはいかない、とかつて書きました。では、ドリカム層でそれにあたるバイブル的なものは何だろうか。

ジャケットがヌルヌルギラギラしている例
EXILE
購買層はどこなんだよ
動物性脂質
コーダクミ
クレンジングオイル

あえてその時代のりぼんで言えば、『天使なんかじゃない』（略して「天ない」）の矢沢あいかなあ。あえて言えば、ね。

作者名じゃなく作品に限定してしまったのはなぜかというと、それはもちろん「天ない」の主人公の翠が吉田美和をモデルとしている（と言われている）から、という理由もある。でも、そもそも矢沢あいの漫画は、その前の『マリンブルーの風に抱かれて』といい、映画化もした大ヒット作品である『NANA』といい、もうちょっとヤンキー寄りなのです。

ヤンキー文化の人たちをモテ軸のどこに置くかという件については話が面倒になるので今までやんわり避けていたのだけど、間違いなくモテない系やドリカム層よりはモテに基準を置いて生活している人たちだから、モテ系の派生型だということでほぼ間違いはないと思う。

だから、「天ない」はドリ子を中心に広く受け入れられてる気がするけど、本来の矢沢あいがドリカム層っぽいかというとそれはかなり微妙です。

だいたい、もともとモテない系と比べると漫画に深入りしない性質のドリ子だから、少女漫画を介して語るのはちょっと難しい。

しかし、最近目にする漫画の中では、ドリ子は『のだめカンタービレ』をものすごい高確率で読んでいる気がするんだ。

もちろんこれは読者層を限らず一般的にすごく売れている作品だけれど、同時期に爆発的に売

この3点、すごく特徴的
不安！セックス！
安心の描線
ぎゃぼー
はぐちゃんは描かんよ
だってみんな
真山が好きなんだろ
NANA
↳モテ系
（ヤンキー目《もく》）
のだめ
↳ドリカム層
ハチクロ
↳モテない系
※でも「のだめ」の作者の二ノ宮知子さんは
かなりモテない系ぽい気がするんだ

れた『NANA』や『ハチミツとクローバー』にはドリカム層の色をほとんど感じない。『のだめ』はドリ子が自分で単行本を買う数少ない漫画じゃなかろうか。

ところで、モテない系が好むような、「オシャレサブカル」（あえて使ってみたけどこの言葉ひどいね）に分類されそうな漫画についてドリ子がどう考えてるかというと、単に接点がないというだけで、たぶん嫌いなわけじゃないと思うんだ。以前に私がモテない系らしい漫画家として名を挙げた中では、魚喃《なななん》キリコなどは、読ませてみればきっと反応は悪くないと思う。

ドリ子が気に入るかどうかの基準は「描線の美しさ」にかなり左右されてるはずです。魚喃キリコの漫画はすごく線が美しいのでOK。でも、ラフな描線でかかれてたり、描き込み多数でちょっとごちゃっとした絵の漫画については「絵がちょっと……」と言われてしまうと思います。だから、たぶん岡崎京子とかはダメじゃないかな。西原理恵子も松本大洋もきっと反応はよくないと思う。ああ、残念です。

単純できれいな描線ということで言えば、ドリ子は『ダーリンは外国人』のようなコミックエッセイが大好きなのではないかと推測します。分かりやすくてかわいい絵柄、（題材が仮に深刻であっても）ほのぼのしたストーリー、そしてプラトニック性。彼女らは描線にもストーリーにも、ドロドロしたものを求めないんです。

西原理恵子を貸してみました
ありがと〜 おもしろかったよ (社交辞令)
でも私はちょっと絵が苦手?てゆうかちょっと絵が汚いっぽい…?から、ちょっと…
※疑問形の多用
絵がきたねーっつーのは漫☆画太郎みたいなのを言うんだよ!!
くそしてねろ!!!!
画太郎先生大好きです♡

あ、小型本も好きそうですね。

本屋に入ったら、ピンク色の背表紙の「彼を夢中にさせる方法」みたいな本が大量に並んでいるそばに、ひときわ小さな本が並んでるじゃないですか。小型本ってのはアレです。

ハートとか星とかのモチーフを多用した、どっかにありそうな感じのイラストといっしょに、**いつも　そばに　いるよ☆** 程度の文字が書いてある、上地雄輔のブログ並みのスカスカ感あふれる紙面。これまたどっかで見たような感じの空とか名もなき子供たちとかの写真。そんな感じのページをただ並べて、軽くたばねて表紙だけ厚紙にして1000円くらいするようなヤツがたくさんありますよね。

このうち「LOVE」寄りのものはモテ系の得意ジャンル。そしてドリ子の得意とするジャンルは、リラックマなどのキャラものとか、動物とか、写真集のたぐいです。特に空とか星とかイルカとか、癒しにつながる写真がいちばんですね。ちっさな本で空とか見て癒されるのかどうだかよく分かんないですけど、あれだけ本屋で売ってるんだから誰かが買ってるんだろうし、買うとしたらドリ子みたいな人たちとしか思えません。

さて、問題は雑誌です。第3章でも少し触れましたが、いま、若手のドリ子が読む雑誌がモヤッとしていることに私は気づいたのです。

社会人に対しては、withやMOREががっちりと中核を担ってるから大丈夫です。これらの雑誌はいかにもドリ子向けのコーディネートを展開しています。そして、その上の年齢になると主婦系雑誌がたくさん待っています。

しかし、withやMOREの下にあたる、大学生世代向けがはっきりしません。長いことnon-noがドリカム層ど真ん中に鎮座していたのですが、最近はどうも色づけがはっきりせず、以前はもうちょっとモテない系っぽさのあったPSやspringと同化しつつあるような気配。miniやJILLEやsoup.は比較的モテない系寄りで安定していますが、かなり個性派（＝モテない系）だったはずのCUTiEがたまにギャルっぽさを見せてくる。だから、女子大生向け雑誌は、JJなどの赤文字雑誌（モテ系）以外混沌としています。

さらにその下の高校生向けになると、ドリ子に近い雑誌は忽然と消えます。はっきりと高校生向けに作ってあるものは、赤文字予備軍やギャル向けばかり。その対極の、しっかり個性的に固めたい子は高校大学関係なくZipperやKERAという道がある。そんな極端な2タイプの間を埋める高校生向け雑誌はない。

ここでまた、音楽のことを取りあげたときと同じような疑問が生じる。いまの大学生あたりから下は、はっきりとしたドリカム層がいないんじゃないか。ということです。

この間に大量に
いるはずだけどなあ…
ギャル
つきぬけオシャレ

いまの大学生というと、だいたい平成生まれ以降と言うことになります。このへんの世代は、物心ついたときには周りのオトナが携帯やネットを使っていて、中学や高校で当然のように携帯を手にして使いこなしている、言わばナチュラルボーンネットユーザー。そういった世代での「ドリカム層的なふつう」って、ちょっとまだつかみきれない。

もしかして、ドリカム層って消えつつある存在なんだろうか。いや、あるいは、年齢が上がるにつれて表面化してくるものなんだろうか？

いや、いまの平成生まれ世代の中にもきっと、将来的にドリカム層の位置におさまるような未知のタイプが潜んでいるにちがいない。「ふつう」がいないなんて考えられない。

平成生まれ世代の「ふつうさ」、ぜひとも現役女子高生に教えていただきたいものです。

6 ドリカム層@インターネット

この本はインターネットでの連載を元にしていますが、みなさまにとってインターネットとはどういうものでしょうか。たぶん、仕事でもプライベートでも、頻繁に活用するものだと思うんですよね。たぶんテレビよりは利用時間が多いんじゃないですかね。

まず、連載時のサイトにたどり着くまでの道のりがほとんどネットですからね。おそらくいろんなネットサーフィン（これも死語？）の果てにたまたま連載サイトにたどり着いた人が多いだろうし、ツイッターやミクシィという情報源でここに来た方もいるはず。ロコミで知った人も中にはいるかもしれないけど、連載されていたサイトがネット以外の媒体で直接紹介されたことはおそらくないから、連載時からこのコラムを見てた人（モテない系とさせていただきます）はけっこうネットを使いこなしていると私は推測する。

中には、ネット依存気味で、そういう趣味が実生活上にもはみ出ちゃってる人もいるだろう。

……ということは、『くすぶれ！モテない系』にも確かちょっと書きました。

しかし、ドリ子は確実に【テレビ＞ネット】である。

20代半ばくらいまでの子なら【テレビ＝ネット（ただし携帯に限る）】というパターンがありえるけど、それでも基本的にネット属性は弱い。ネット属性が弱いと言うのはつまり、ネット由来の情報にきわめて弱いとか、ネット上でのスラング・世論、新しいネットツールに疎いということ。

ドリ子のネット目的って、ごく実用的な調べもののほかには、自分のブログやミクシィ、ツイッター、あとは芸能人のアメブロを読む（20代以下の場合）、クックパッド（主婦）。こんなもんじゃないでしょうか。それぞれのサイトやツールも深く使いこむわけではなく、彼女らがプライベートでネットにかける時間はかなり短い。

ブログをやり始めたところで、今日食べたランチがおいしかったといって写真をアップしたり、今日買った雑貨がかわいかったといってアップしたり、という程度。それでもやり始めはまるで義務のように毎日更新する人もいる（もちろん内容は薄い）。

ミクシィはというと、プロフィール欄に「眠ること、遊ぶことが大好きです！」なんて、そりゃ100人中99人くらいはそうだろうよ、と思うようなことしか書いていないのだ。

ドリ子のブログは多くて5行

2010.10.15 今日のランチ(^^)/
久しぶりにビストロ××に行ったよ♪
パンがおいしくてびっくりw(°ロ°)w
恋愛の悩みとかポエムとかないからモテ子よりも短いわな

これがドリ子のミクシィプロフィールだ!!
(※ダミーです)

ほかの写真を見る

☆YU-KO☆さん(13)
(最終ログインは5分以内)

プロフィール

名前	す　ずゆ　こ
性別	女性
現住所	東京都小金井市
年齢	21歳
誕生日	01月23日
血液型	A型
趣味	映画鑑賞, 音楽鑑賞, カラオケ・バンド, 料理, グルメ, ショッピング, 旅行, アート, 習いごと, 読書, 美容・ダイエット
自己紹介	笑顔を忘れずに！がモットーの☆YU-KO☆です♪ よろしくぅ 味噌市立北味噌中学校 ↓ 東京都立豆腐高校（2期生） ↓ 豆乳大学湯葉学科在学中☆ 出身おんなじ人、おんなじじゃない人 どんどん絡んでください オシャレなカフェとか雑貨屋めぐりが大好きです イタリアに行くのが夢です ふだんはぼーっとしてるかも？ 実はめんどくさがりで家事とか苦手・・・^^;

そこで私は、右ページのように、ドリ子のミクシィモデルを考えてみたんです！　特定の個人のものではなくダミーですのでご安心ください。もし同じ名前（ニックネーム）の人がいたとしてもそれは偶然だからね。だいたい同じ名前の人なんて掃いて捨てるほどいます。

まずニックネーム欄。ほとんど自分の下の名前をちょっといじったものです。「sa～yu」「えりりん♪」「のん」、子供ができると「ゆ～くん☆ママ」「みさｍａｍａ」。……こういう感じ。モテ子ほどキラキラさせない、ドリ子の持つ独特のゆるさ、そしてひねりのない直球ぶり。「☆」とか「♪」は頻出記号です。こういう名前は、with や MORE など、ドリ子向け雑誌のモニター読者のニックネームにもめちゃくちゃ多く使われている。

ちなみに☆とかの意味のない飾りが「*（半角）」になると、ドリ子ではありません。これはモテない系・モテ子を問わず、ナチュラルなものとかロハスとか玄米とかカメラが好きそうな人たちの傾向です。不思議なことです。

プロフィール欄には、出身校が書いてあることが多い。さすがにいまどき本名をさらす人はかなり少数派だけれど、ヘタすりゃ幼稚園から大学まで順を追ってすべて書いてあることもあるので、ちょっと本気になれば簡単に身元を割れてしまう状態です。当然、出身校のコミュニティにも入っています。

そして、プロフィール欄にも絵文字、顔文字がふんだんにちりばめられます。顔文字によくつかわれるのは^^とか（≧∇≦）／とか(´_`)／とか。なんなんでしょう、どうも左手が上がるみたいです。左利きなんでしょうか。／(＠´▽｀＠)／こんなふうに両手が上がってる場合もありますね。総じて顔文字は本人よりテンション高いです。

基本的に2ちゃんねる発祥の(´Д`)やm9(´Д`)などは使いませんが、最近はこれらの顔文字とか「w(・＝・笑)」とかの記号が2ちゃんねるという特異な世界から漏れ出して一般化してるので、だんだん使う顔文字の種類の境目はあいまいになってきています。特に「w」はやたらと使う人がいますよねw（連続してwwwwwではなく、各文の末尾にいちいちつける感じでw）。見境なく使う人は本来のニュアンスをあまり知らなさそうwむしろドリ子らしい感じもするwてゆーかむしろ缶ビール男子に多そうw

また、観察しておもしろいのはなんといってもコミュニティ。ミクシィには「このコミュニティのメンバーはこんなコミュニティにも参加しています」というメニューがあるので、これを見ると見事にドリ子の傾向が分かっちゃうのである。

ドリ子といえばまずは「Dreams Come True」のコミュニティ。

メンバー数は約5万人。そのメンバーは、コブクロ、平井堅、ミスチル、aikoなどのコミュニティにも入っていることが多いようだ。音楽以外では、東野圭吾。ああ分かる、超分かる。各分野でのランキング上位ばかりだ。

私が「ドリカム的なもの」の次の世代として挙げたELTはどうでしょう。

メンバー数は約3万人、同時に入ってるコミュニティは、いきものがかり、大塚愛、絢香、HY、YUI。音楽以外ではLOWRYS FARMなど。いきものがかりがここで早くも登場。くしくも服の趣味まで分かってしまった。ローリーズファーム、分かるわー。ナチュラル方向にも走りすぎず派手にも行かず、安くて最低限の女らしさのあるあの感じ。

さて、次世代を担う（と勝手に決めつけた）「いきものがかり」、メンバー数は実に約8万5千！同時に入ってるコミュニティは、YUI、flumpool、Superfly、コブクロ、音楽以外では柴崎コウ。メジャー感は強いが、ややバラけた感じがする。やっぱりまだいきものがかりの求心性は弱い模様。

で、話はちょっとそれますが、この遊びがおもしろくなってきてしまったもんで、私はほかにもいろいろ調べてしまった。

前から疑問に思っていた、「手をつなぐのが好き」とか「空を見上げるのが好き」のコミュニティ。

大量にメンバーがいるけれども、数万人で「手をつなぐ」ことについていったい何を話すんだ、中身はほとんどドリ子じゃねぇのか、と思っていたので早速調べる。

「手をつなぐのが好き」（メンバー数27万人！）→同時に入っているのは、「撫でられるのが好き」「チューが好き」「意地っ張りなさみしがり屋」「連絡来ないと不安症候群」……あれー、これはなんだかドリ子ではないぞ！　ベッタベタに恋愛志向の人たちだ。「手をつなぐのが好き」に入っちゃうのはどうやらモテ系らしいです。

じゃあ「空を見上げるのが好き」（8万5千人）はどうですかね。→同時に入っているのは、「がんばってる人が好き」「『今』を後悔したくない」「季節の匂いが好き」「幸せはいつも自分の心が決める」「のんびりすごしたい」……あー、これがドリ子ですね。前向きで、うっすらスピリチュアル。やや森ガールの要素入ってるけど、「空を見上げるのが好き」はおおむねドリ子でよし！

と、ドリ子の話から離れ、だいぶミクシィで遊んじゃったんだけども。

ところで、ネットの森を日々突き進む貴女はこうおっしゃるかもしれない。いやいやミクシィはずいぶん下火ではないかと！　今はとっくにツイッターが席捲してるではないかと！


そんなわけでドリ子のツイッターについても考えてみました。

「空」とか「虹」とか「花」とかの
文字に弱いんだよな

こういうイメージ画の世界!!
一点のくもりもない!

ツイッターがミクシィと明らかに違うのは、アカウントIDを決めなければいけないこと。このアカウント名もドリ子を象徴します。

具体的に書いちゃうのは伏せますが、ためしにドリ子の好きそうなポジティブワード（happyとかstarとか）に、よくある女性の下の名前を付けたアカウントをあてずっぽでいろいろ試して検索してみると、まあドリ子的な方々が出るわ出るわ。ぜひやってみてください。

まず多いのが、フォローも少なく、ツイート数が0〜2くらいで終わってる人。

ツイッターは、親切なミクシィに比べ、わりと楽しみ方が本人に任されている部分がある。だから、ランキング上位のものを浅く広く素直に享受するタイプのドリ子たちは、自由度の高いこのツールを自分流に使いこなすってのが苦手にちがいない。つまりこの人たちは、「友達に誘われて入ってみたけどやってない、あるいはすぐ飽きた」人々だ!!

一方で、きちんとツイッターを使ってるドリ子はどうか。

まず「本に載ってる使い方、教えられた使い方」を彼女らはする。少し前は、別に政治に強い関心があるわけでもないのに東国原知事をとりあえずフォローする人がきわめて多かった。ツイッターブームを巻き起こした（ことになっている）勝間和代と広瀬香美ももちろんフォローしている。で、広瀬香美からフォロー返しされて喜ぶ。つづいて、好きな芸能人をひととおりフォローする。

タイムライン上にはまず、「フォローありがとうございます！」「おはよ～いい天気☆☆」「もう寝る～おやすみ…(U_U)」などの一律的な挨拶の応酬が、よく会う友達どうしで毎日行われるであろう。でかけたときやおいしいものを食べたときの「なう」もたまにやる。

しかし、ドリ子がツイッター上で話す相手は実際の友達ばかりではない！

ドリ子は、有名人（芸能人も政治家も）に話しかけるのです！

それはブログのコメントくらいの気楽さだ。ツイッターはブログよりも相手との距離感が近いから、有名人へのメッセージもダイレクト性が強い。だけどその格差を意識せずに、別に大ファンでもないのに「おはよう」とか「おつかれさま」程度のことをビシバシ投げかける。スルーされても気にしません。

……ということで、ネット親和性の薄いドリ子なのですが、ちょっと遅れ気味でサービスに参入し、何事をも恐れぬ素直さでミクシィもツイッターも蹂躙していくと私は思っているのです。すごいよ、その純朴さ。

※ミクシィやツイッターについては、２０１０年８月現在のデータです。

ドリ子のツイッター書きこみは
こんなだ!!（たぶん）

twitter
アメーバピグのアイコン
happy_△△
@YOU_☆△ おやすみ～(U_U)zzz..
@yuuu◎X ワォッΣ(°□°) 月キレイ！！♪
@sora_△□ おつかれさまです!!(*^m^*)
東国原知事
@higashitiji いつも応援しています！何事にも負けず☆私の好きな言葉です
@luckygirl_⊠△ おはよう☆今日も元気にガンバロー♪
@sora_△□ おっはよっ(≧▽≦)/

挨拶の応酬!!!

7　癒しVSスリル

しばらく趣味について書いてきましたが、ドリカム層の趣味って、全部なんとなくふわっとしてるんですよね。毒気とか熱さとかをひととおりしぼり切った、安心感とか知名度で構成されたふわふわの柔らかいものが好きなんだと思う。

だから、ほかの細かい事柄についてもそのへんは一貫してる。

携帯のストラップも、なんだかほわほわしたやつ（意味不明）とか、ケーキやマカロンなどのスイーツ型の何か、あとはリラックマとか癒し系のキャラものでほぼ決まりじゃないでしょうか。

携帯の色はシャイニーピンクとかシャンパンゴールド（色名だけは豪華）みたいなちょっとキラキラしたパステル調。色だけならモテ子とほぼ同じだけど、ゴテゴテした装飾はつけないという点でモテ子と明らかな差が出ます。「デコり」は質素です（無論、モテない系の場合は装飾が限りなくゼロに近くなります）。

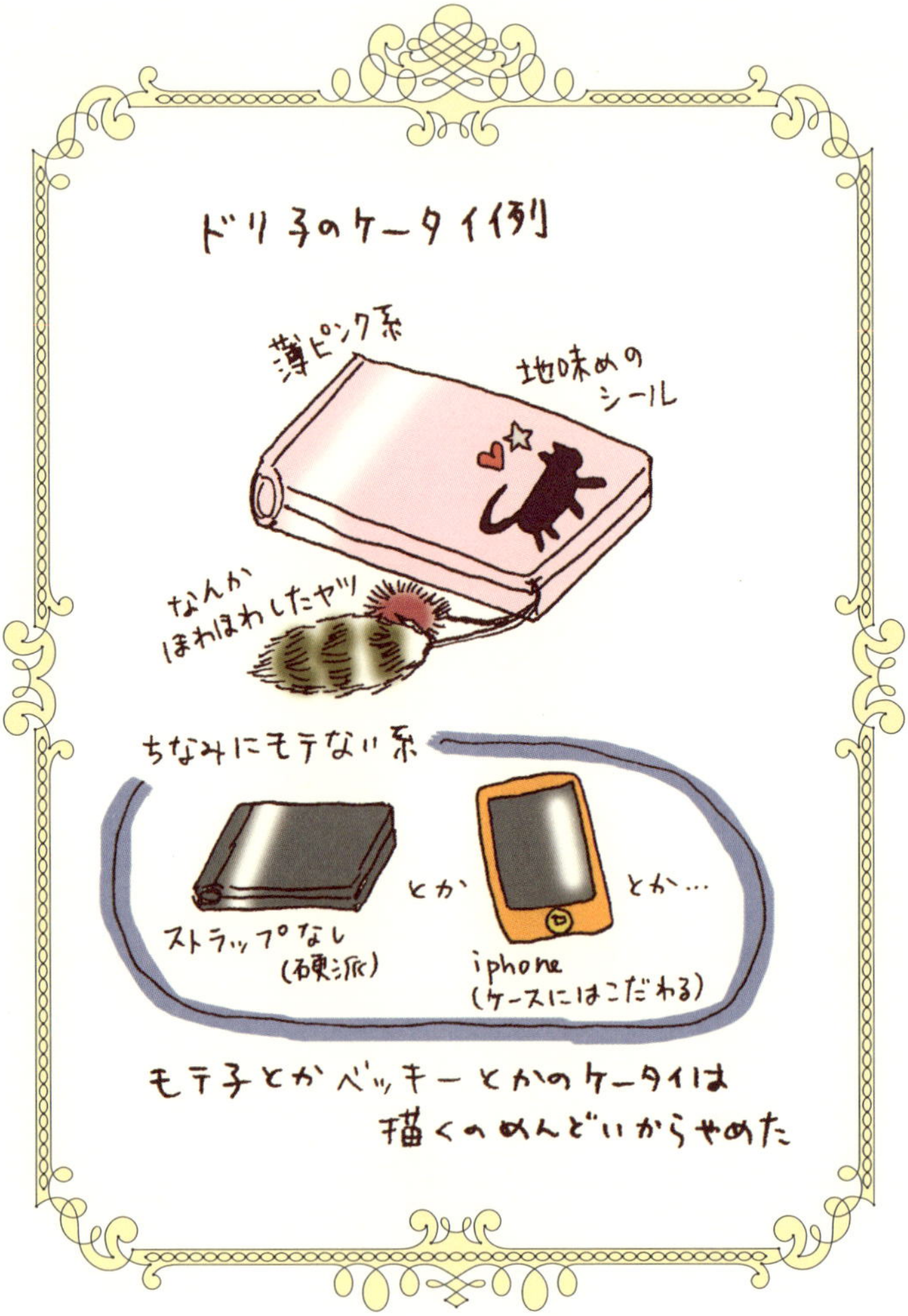
ドリ子のケータイ例
薄ピンク系
地味めのシール
なんかほわほわしたヤツ
ちなみにモテない系
ストラップなし（硬派）
とか
iphone（ケースにはこだわる）
とか…
モテ子とかベッキーとかのケータイは描くのめんどいからやめた

ドリ子の世間とのつながりは完全にネットよりもテレビに比重が置かれているので、ドラマもバラエティも情報番組もけっこう見ます。ネットや活字に比重を置きがちなモテない系としては、こんなの誰が見てるんだろうっていうテレビ番組がたくさんあるように思いますよね。それはきっとドリ子が見てるんですよ。

テレビには、俗っぽい芸能ネタとか下ネタとかももちろん氾濫してるけど、そのくらいの毒はネット情報に比べたらずいぶんとおとなしい。テレビというフィルターを通ってる時点で、毒素はかなりふわふわした、ドリ子が消化可能なくらいのものになってるから大丈夫です。それに、ドリ子の生活は一般的にきちんとしてるから、遅くとも深夜1時までにはテレビを消してると思います。

ドリ子はふわふわしたものが好きなだけでなく、たぶん意志もふわふわしている。だから、缶ビール男子とつきあえばふつうにサッカー観戦にも野球観戦にも行くだろうし、彼氏に引きずられてスポーツにも常識程度には詳しくなるでしょう。そういう従属性の高さが男子に好かれる要因でもあると思うんです。

ほかにも、たとえば海外旅行に行く場合。行き先はグアム、ハワイ、サイパンなど、誰にでも名の知れた南国のリゾート地が第一。長めに行くなら、フランス、イタリアをメインとした西ヨーロッパ、あるいは治安がよく気候も穏やかそうなオーストラリア。アジアだったら、韓国、台湾、香港。このへんで9割以上でしょう。ぜんぶ知名度・メジャー感・安心感の値が十分ですからね。ふつうに日本人が多いところに行くのがいちばんです。

北欧も好かれそうだけど、各観光地のメジャー感がやや足りない。東欧になるともっと安心できない。だから、フィンランド、オーストリア、チェコがドリ子の行き先に入るかどうかはボーダーライン上にあります。アメリカ本土も、パックツアーで挙がるような場所以外は微妙。ブルガリアとかクロアチアみたいなところになると完全にドリ子からはみ出る。アジアではベトナムやタイがボーダーライン。いくらリゾート地でもモルディブにはあまり行かなさそうです。知名度が足りません。

要は、いちばん陳腐な言い方をすると、「癒し」が好きなんだ。癒されることが第一。ドリ子の生活にスリルはいらない。

このように、ドリ子の生態には毒気と熱情はなく、ふわふわ・癒し・スリルのなさという点で一貫しているわけです。ということはつまり、悪い遊びをすることなんてめったにない。

海外旅行の話って
なんかしにくいよね
海外旅行？え〜 いいな〜…どこ行くの？
ド
えっと…バルト三国に…あの ラトビアとか…
えーどこそれ？何があるの!?
おみやげ買うのめんどい…

ドリ子にもしアンケートを取ったら（どうやってドリ子を見分けるかってことはおいといて）、喫煙率は1％くらいなんじゃないかなあ。タバコも吸わないし、お酒もそんなに飲まなさそう。高校生のときにタバコ吸ってみたり酒を飲んでみたりというちょっとしたワルぶりは、モテ子やモテない系にとってそんなに珍しいことではないけれど、ドリ子にはとても考えられないこと。大人になっても、夜遊びとは無縁の生活を送りそうです。人に連れられればバーに飲みにくらいは行くだろうけど、一人で飲みに行くなんてちょっとありえない。合コンも、盛り上がっても二次会くらいでササッと帰りそう。オールしたり、そのままホテル行っちゃったり、みたいな踏み外し方にはかなりの勇気を必要とする。ライブも一人じゃ行かなさそうだし、クラブなんてまず行かないでしょう。

モテ子もモテない系も、クラブやライブに行ったり遅くまで飲んだりという夜遊びをする人はそれなりに多いと思うけれども、そういう立場から見れば、ドリ子の生活は刺激がなさすぎる気がする。

ついでに言うと、ドリ子には文化もないように思う。

ギャル（＝モテ系の一派と言ってよいでしょう）にはギャル文字やら「デコり」やら、果てはガングロからａｇｅ嬢に至るファッション面でのオリジナル文化がある。そしてモテない系は映画だの本だの漫画だの音楽だのでどっぷり文化面に浸かっているし、極端な例では腐女子文化もある。なんか絵がうまい人が多そうである。

しかし、ドリ子ってどういう文化があるんだろう。何かに深く入れ込んでる感じがしないし、なんとなく絵は下手そうだし、ファッションも（モテない系から見れば）ほんのちょっとずれているし、メイクもあんまりうまくないし。

いや、蔑んでいるわけじゃなくて！

何が言いたいかっていうと、こういうところって多分、そのままドリ子の軽いコンプレックスになっている気がするんだよ。

こんなに悪口まがいのことを書いておいてなんだけど、私はドリ子のそういうところがちょっと愛しいと思っている。

ドリ子の生活にスリルはいらないのだ、なんて言ったけど、彼女らが心底安定した生活だけを欲しているかと言うと、きっとそうでもない。

彼女らは、何をするにしてもどこか突き抜けることができなくて、無難なところでおさまってしまう。だから、奔放に女を楽しんでいるようなモテ子もちょっとうらやましいし、趣味などに

ふと、こういうことを言うドリ子さん
一人で海外旅行って行動力あるよねっ
↓既婚
ド
服とかもいつもかわいいし…私もそんなふうにできたらなあて
えっ…
いや、本音だよきっと
↓
皮肉なのかな?
ランチ中

熱を注いだり個性的なかっこうをしたりしているモテない系もちょっとうらやましい。両方のタイプに挟まれれば、うっすらコンプレックスを感じるのがふつうじゃないかと思うんです。ドリ子は恋愛とか結婚とかの結果で最終的にはうらやまれるような人生になりそうだけど、そこに至るまでの自分自身に対する満足度はけっこう低いんじゃないだろうか。

……こんなことを想像するのは、私がなんでもかんでも劣等感ベースで考えるからなのかな。一度、独身のドリ子に対して自分自身への満足度調査をやってみたい。コンプレックスの度合いはモテない系とさほど変わらないように思うんだけどな。

モテない系の呻き（5）

美容院こわい

モテない系は一般に、自分のオシャレ度や容姿を過小評価する。だから、オシャレを心から楽しんでいる場所や、自分を思いっきりオシャレにしてくれるところが苦手な場合が多々あります。オシャレ感ダダ漏れエリアで、卑屈なモテない系はどうするべきか。

Q

先日、オシャレヘアサロンのカットモデルをすることになってしまいました。髪を巻き、ゆるふわファッションに身を包んだ自分を見て冷や汗が出ました。こんな私で務まるはずなかったよ許してくださいパッツンボブ女のくせに調子のってごめんなさい帰りたいもうしません…曼荼羅のように頭の中でぐるぐる巡らせながら、撮影を終え、身分不相応なことは一生しないと決めました。以来、美容院恐怖症が加速。美容師さんが私の髪の状態をメールで頻繁に聞いてきますが正直もうほっといてほしいです（常に「大丈夫です」と返信）。写真が雑誌に載ったことも誰にも言っていません。美容師さんに泣いて謝っている夢を何度もみました。

（まほろば・26歳・事務）

A

雑誌に載るくらいだから容姿端麗な方と思われますが（本人は全否定するんだろうな）、美容院がトラウマとは。もちろんメールを送ってくる美容師さんがあなたを軽蔑してるなんてことはないに決まってるんですが、相手の段違いのオシャレっぷりに勝手に卑屈になって心を閉ざす気持ちはよく分かります。こうなったらトラウマを払うために別の美容室に行くべきですよ。選ぶのはもちろん、開業40年レベルの「パーマみどり」みたいなお店です。ガッツリそこでパーマをかければオシャレのトラウマはすべて流されるはず。ついでにおばさま方の傍若無人ぶりも少し分けてもらいましょう。

私を野球観戦に連れてって（本気で）

スポーツ観戦好きはモテない系の中で、いや、女子全体の中で珍しい部類かもしれません。ただ、見るものがスポーツだろうと、音楽・演劇・美術であろうと、根本は同じなのさ。物を知らない女子の方がモテる！　うん、分かってる。みんな分かってるんだけどさ…。

Q

モテない系はスポーツ好きでも厄介です。「えーなんかルールとかよく分かんなーい」とか言うような女友達と見に行くくらいなら一人で行った方がマシなんで、自分より詳しい人としか見に行きたくない。よって必然的に“スポーツ詳しい率”の高い男性と行くのが理想となりますが、やたら詳しい女性と見に行きたがる酔狂な人はめったにいませんし、詳しくないと偽るのも疲れます。ちなみに「ルールよく分かんなーい」とのたまうモテ系女子を連れた男子が自分より良い席で観戦していたら殺意です。その男子が自分の好みだとしたら、もう一生交わることのない平行線に思いをはせ、ユウウツになるばかりで、怒声を飛ばして声援に励むしかなくなるのです。

（西武黄金時代・33歳・アパレル）

A

アナタは結婚されているようですが、内容からしておそらく、趣味人の鉄則「趣味についてはあきらめて、全く趣味の違う人とおつきあい」という道に進まれたものと思われます。もちろんそれは最も平和な道です。ただ、野球好き（だよね？）はおっさんウケがいいんだよね。野球好き女子は野球好きという観点だけで彼氏を選び、ほかの楽しみはすべて捨てておいて一緒に野球漬けになれる男（おっさん）と二人だけの理想郷をつくるのも大いにアリだと思います！

8　ドリカム層の一日

さて、ドリ子は一日をどのように暮らしているのでしょう。それに対してモテ子やモテない系はどうなのでしょう。

まるで動物の生態を探るような書き出しをしてみましたが、人間をタイプ分けして生活スケジュールを推測するのなんて無理ですよね。自由な時間の多い学生ならともかく、社会人であれば職種によってかなり変わっちゃうし。

それでも、そんな中でいちばん類型化しやすいのがドリ子だと思うんです。モテ子やモテない系の職種に比べて、ドリ子の職種はさほど多岐にわたっていないような気がする。きっと彼女らは、シフト制の接客業とか、時間に融通がきいて昼ごろの出社でも許される会社にいる率がかなり少ないです。

だからこの際、ドリ子を平均化したモデルの「ＯＬ・ドリ子さん」を一人作らせていただきます。

職種は、大きめの企業の一般職。いわゆる9時5時勤務、未婚で実家暮らし、大都市に電車通勤。彼氏はいてもいなくてもいいや。そんなOLドリ子さんのある日の生活スケジュールを勝手に作り上げてみたいと思うんです（ドリ子にはほかにも既婚の専業主婦やパートの割合が多いと思うけど、そのへんは一旦置いとく）。


さて、OLドリ子、月曜の朝は早い。眠い目をこすりつつ、といっても前日は日曜の夜でそこそこ早めに寝てるので、しっかり6時半に起きる。9時出勤（実質8時45分くらい）でもともと出社が早いし、なにより彼女は実家からの通いで通勤時間が長いですから、早く起きざるをえない。

居間に来てみると両親はすでに起きていて、テレビがついている。めざましテレビ（ズームイン・朝ズバも可）を横目に見ながら朝ごはん。そしてあわただしく身支度をととのえ、駅へ。

OLドリ子は長時間の通勤をそんなに苦にしません。早起きしているおかげでラッシュをうまく避けられるし、座席の確保率も高い。余裕のある出社です。

午前の勤務を終えると、12時〜13時あたりにお昼ごはん。できれば安めに社員食堂。食堂がない場合は、自分か親がつくったお弁当。コンビニや外食の率は比較的低いものと思われるが、時にはインスタントのはるさめスープとヨーグルトのように、極端にカロリーの低いもので乗り切ることもある。

午後の勤務を終え、退社は17時〜18時。遅くなって19時。

早い！

そう、OLドリ子は会社を出るのが早いはず。OLドリ子の在籍する大企業では、残業は奨励されません。夏ならまだ暗くならないうちに会社を出られます。

それからどうする？　そこからはアフター5だよね。「アフター5」という言葉には死語臭がするけど、ドリ子には確実にアフター5があるよ。

彼女には、ヨガだの英会話だの「自分を高める」習い事なり、駅ビルでちょっと買い物なり、っていうちょっとした楽しみが大事です。といってもだらだらすることはなく、家（実家）で夕食を食べることを前提に帰宅するよね。

お家でテレビを見ながらご飯を食べて、まあ遅くとも21時には食事が終わる。そしたらそのへんでドラマが始まるじゃないですか。話題のドラマは見逃すわけにはいきませんので、もちろん月9を見ます。

ドラマも終わって22時。ここはまちまちです。お風呂にゆっくりつかったり、引き続き見たいテレビを見たり。この時間をブログ更新など、ネットのゴールデンタイムに充てるパターンもあります。ブログはすなわち日記ですから、一日の最後に充てるのは当然です。

さて、寝る手前の23時。ここ、OLドリ子にとっては第二のテレビタイムではないでしょうか。OLドリ子の視聴率は、22時台に少し谷ができて23時台で盛り返すんじゃないかしら。

2010年10月現在の23時のテレビ欄……そこはOLの巣ですよ！

日テレ系「**NEWS ZERO**」（櫻井翔はOL狙いの起用ですよね）、テレ朝系「ぷっすま」、フジ系「グータンヌーボ」「**5LDK**」、日テレ系「恋のから騒ぎ」、さらにはNHKの「祝女」もOL臭い。かつてのフジ系「あいのり」も23時からでした。30分番組が多いですが、この長さはいかにも一日の最後のデザート的な、いや、スイーツ的な番組としてぴったりです。

そんなわけで、できればもうお肌の手入れもして、気楽に23時のバラエティかニュースを見ます。その先、24時以降のちょっとディープなバラエティやドラマにはあんまり触手が伸びず、明日も早いのでもう寝ます。

……OLドリ子の一日ってほとんどこんな感じじゃないか。

一般職のOLだったら誰でもこんなスケジュールになるんじゃないの、と思うなかれ。こういった会社勤めだとしても、モテない系の場合は必死であらがい、退社後に予定を入れまくりがちなのだから！

テレビ界で「ゴールデンタイム」とか「プライム
タイム」とかいうけど、
私は23時台を「スイーツタイム」と呼びたい

「寝る前に食べちゃいけない」と言いつつアロエヨーグルトを食べる時間でもある
ド
アハハ
実家だからテレビでかい

ＯＬドリ子の推定生活を改めてさらってみると、彼女の暮らしには実にテレビが多い。テレビに始まりテレビに終わっている。

そして、テレビ量から考えてみると、モテ子のスケジュールもわりとこんなパターンになりそうな気もする。

でも、モテ子とドリ子が決定的に違うのはそのルーチンワークっぷりだ。モテ子はこんな日が週におそらく２～３日。対してドリ子は平均４～５日はこういう日だと思う！

モテ子は夜を買い物やつきあいに費やして遅く帰ることもよくあるけれど、ドリ子は夜遊びがとにかく少ない。オールなんてもってのほか。おそらく学生時代から無茶をせず、計画的に勉強をしたり、時間を律儀に守ってきたタイプなのではなかろうか。そのわりには能率がイマイチで「天然」と呼ばれてしまうような立場であったり、そこが男の琴線に触れたり……。

ＯＬドリ子は、一般職ＯＬのスケジュールに馴化されてこういう性質になるのではないと思います。もともとそういう性質だから、一般職ＯＬが板につくのです。むしろ、悲しいかな、一般職ＯＬの生活で馴化させられるのはモテない系の方かもしれない。

ところでＯＬドリ子さんの勤める「大きめの企業」についてですが、私はなんとなく銀行や信用金庫などのちょっと固めの職場をイメージしています。

そういう制服のある企業って、実はモテない系にとってもそんなに居心地は悪くない。仕事中は制服で仕事モード、仕事が終わって電車や自家用車で帰るときは好きな私服。かっちり生活に区別がつけば、自分の聖域は侵されません。

いちばんモテない系が辛いのは、制服がない事務職の場合です。服や靴という自分を表す被覆物を「オフィスカジュアル」というジャンルに強制移行させられてしまう。

大企業だったら、職場内にはきっとモテ子もドリ子もモテない系もいるけれど、モテ子やドリ子は入社から数年たってもさほど属性が変わらない一方で、モテない系だけは激しく摩耗していく。これこそが馴化だ。まさにモテ子やドリ子との日々の摩擦によって、モテない系はどんどんＯＬ世界に馴化していくのだ。

まずは、いま書いたような、服装での摩擦。

そして、ホットペッパーや各地方のＯＬフリーペーパーの重層的な攻撃による文化的な摩擦。内面的なものも見逃せない。ドリ子は基本的に穏やかな性格ではありますが、爆発的に感情を発散する機会は少ないため、女子としての天性の湿り気のようなものは誰よりもしっかり内包している。モテない系のドロドロした負の部分とドリ子の湿気はおそらくどこかで波長が合ってし

ドリ子がみんな天然で
純朴なわけじゃない。
なんか課長の
香水って耐えられ
なくないですか？
ド
えっ
あっ この子
けっこう
話せるかも!?
トイレ
トーク
悪口からひらける心。いびつだぜ!!

モテ子はともかく、ドリ子には
けっこうふやかされそうなモテない系です
はじめましてー
わー
身を包もうとも
「オフィスカジュアル」に
私は私を守る!!
アイフォン
やっぱり髪
明るい方がいいねー
めがねとったら
ほんと
かわいいよねー
えへへ
リラックマ
かわいいよねー
このくらいなら
まあ
いっかあ
リラックマ

まうので、トイレでじっとりと上司の悪口を言い合うときなんかに「意外とこの子、話せるなあ」ってお互い思ってしまいます。

オフィスカジュアルに包まれ、ＯＬフリーペーパーに囲まれて、さらには感情的にもうまく切り崩されて、モテない系はどんどんドリ子側に合流していくにちがいない。日々の仕事に追われ、周りのドリ子の生温かい空気に溶かされていけば、だんだん堅固な鎧も壊れる。ＯＬ生活の長期化とともに、なんとなくドリ子に同化していくモテない系はけっこういる気がするよ！

あたしゃそういう子を今まで何度も見てきたさ……もしかしたらそっちの方が幸せなんじゃねぇかなんて思いながらね！（と言ってキセルをくゆらせたい私です。）

日傘はもはやボケだ

恐ろしく暑い夏、お肌の調子はいかがですか。UVケアに怠りはなかったですか。いや、モテない系はそれ以前にひとつ障壁があるんだ。暑い夏の間、ずっとそのことを考えている人がたくさんいると私は確信している。

Q

私は27歳の今まで、日焼け止め以外の紫外線対策は特に行わず過ごしてきました。が、会社のお姉さん（美容マニア）から紫外線の恐ろしさについて説かれ、そろそろ日傘というものをさしたほうがよいのかと…。しかし日傘ってやつはどうしてそろいもそろってフリフリしたレースやらリボンやらが付いているのでしょうか。色もパステルというかペールトーンというか、やさしげなのばっかりです。たしかに、日傘は色白で線の細い女子（ひざ丈スカート）のイメージがあります。だからこそ今まで避けてきたのですが…。結局、飾り気のない無難なものを購入しました（でもあんまり納得がいってない）。モテない系の方々がどうされているのか、聞いてみたいです。

（たぬき・27歳・広告）

A

私は日傘を使っておりません。ええ、もちろん紫外線対策は気になりますが、アナタと同じで「何、清楚ぶってんだよ」っていう（幻想上の）他人のツッコミを気にしてのことです。人に何か言われるくらいなら（いや、言われないのですが）日焼けをした方がマシ、という選択です。あと、本当にまぶしくて実用的にサングラスがほしいと思うときもありますが、当然「ギャルかお前は」というツッコミによって封じられます。ツッコミを乗りこえて日傘やサングラスを使用するためには「ボケ」になるしかない。「日傘なんか使ってるアタシ（爆笑）」と頑張ってボケに徹するべきだ、モテない系は。

夏より冬、南より北

南国！水着！海！恋！夏の暑さは人の心を軽くし、明るくします！逆に冬の寒さは人の生命力や活力を奪うものです。……と、一般的には思われていそうだ、が。それはあまりにも陳腐な考えだ。トロピカルなムードがすべての人にとって快適だとは限らないのである。

Q

ええ、夏よりも冬派ですけど何か？　トロピカルパラダイスな沖縄で、何をしていいかわからないモテない系は多いんではないでしょうか？
ちなみに沖縄好きな友達に誘われて行った際、太陽が苦手で水着に死んでもなりたくない私は、ホテルでずーっと数独をやってました。むしろモテない系は、北海道の大自然に保護色のごとく溶け込むのではないでしょうか。そのときばかりは軽薄、軟派な世間の流行とは無縁の北の大地に、アクの強い自我が小躍りし、普段控えめな喜怒哀楽が 20% くらい多めに表現されている気さえします。冬はおうちで趣味に没頭できるし、何よりも生き物などの生命のリズムが、動から静に移行していて、はしゃいでないのが心地よいのです。

（シャボロブルー・33 歳）

A

だいぶ偏見が多めの気もしますが（たぶん北海道って流行に敏感だと思う）、全体的には同意だわー。私は沖縄がわりと好きですが、街並みや食べ物が好きなんであって、夏に行く気は起きません。欲を言えば沖縄が南国じゃなかったらいいのに、と思います。モテない系は常にテンション低く、はしゃがないように、とつい心がけちゃいますよね。貴女はきっと海外旅行も北派でしょう。テンション抑え目でフィンランドに飛ぶがいい！

9　田舎のナチュラルドリカム層

さて、ここまでは一応、都会かその周辺に住んでいて、会社勤めをしているドリ子についての話です。

都会かその周辺で、会社勤め。これを読んでいるモテない系の方々はほとんどそれに近いんじゃないかと思う。すなわち、ここまで主に見てきたのは、モテない系とわりと近いところにいるドリ子です。

でも、都会じゃないところにドリ子は密に棲息しているのだ。だからこそ、都会に多いモテない系にはドリ子の姿があまりつかめない。都会の反対は田舎。本当のドリ子のフィールドは、田舎だ！

「田舎」という呼び名にはちょっと負のイメージがあるから、最近の堅めの文章ではわりと「地方」などと書くことが多いですが、この本ではあえて「田舎」と書かせていただきたい。私が呼ぶ「田舎」とは、商店街はシャッター通り（あるいはそもそも存在しない）、映画館は巨大シネコンが一つあればマシ、CD店はない、本屋もバイパス沿いにあれば上出来、鉄道や路線バスはほとんど機能しておらず、移動はすべて自家用車。そんな場所のことです。

田舎には、モテ子はいるけど、彼女らと元ヤンキー（都会には稀少種）は同化していて、その境界線はだいぶ曖昧。そしてモテない系の数はきわめて少なく、代わりにドリ子が大量にいる！

たとえ田舎で幼少期を過ごしても、進学や就職で上京し、都会での生活に慣れたモテない系は、世の中のほとんどの女子が似たような考えでいるものと錯覚してしまう。つまり、女子とはすなわち自分のスタイルを大事にし、趣味に時間を費やし、ライブや映画や観劇などのためになるべく便利な街にいたい生き物、と無意識に考えちゃうと思うんです。

自分がそうだから人もそう、違うように見える人はただ我慢してるだけ。……そんなの、あまりにも偏った考えだよ！　ドリ子をモテない系と同じように考えてはいけない。

ドリ子は上京に夢を馳せません。生まれ育った街からあまり離れないし、せいぜい県庁所在地に「上京」するくらいです。だって、大都会は怖いじゃない。ドリ子はスリルを積極的に求めないんだから、都会とか、ヤンキーとか、ちょっとでも危ないと思ったことには近づきませんよ。

そんなわけで、前章とはうってかわって、都会派よりも主流の、田舎在住のドリ子の生活ぶり

田舎は2大政党が強すぎる
ヤンキー=モテ子
連立政権
ドリ子党
入籍したよ♡
パチ屋はやめたー
会社早く
終わったよ
つかれた〜
諸派
肩身せまい…
※運転中のメールは
やめましょうね

をちょっとのぞいちゃおう（憶測で）。
ドリ子は、必然的に車を運転する。運転するだけじゃなく、個人で車を持っている。
モテない系はあまり車に興味がないし、交通機関の整った大きな街に在住している率が高いので、日常的にもさほど必要としません。一方で、モテ子にとっては基本的に車は「運転してもらうもの」です。そうなると、いちばん車が身近なのは意外にもドリ子ということになります。交通手段がほぼ自家用車に限られている田舎では、個人単位で車が必要ですからね。

車はあくまでも日用品としての扱いで、車そのものにはさほど思い入れがありません。それでも、メカメカしい車を少しはかわいくしたいので、リラックマが後ろの窓のあたりに大量に置かれ、その他ディズニーなどのもらいもののぬいぐるみもわんさか盛られます。ぬいぐるみの存在感についてはヤンキーの車と似ていますが、車種や、ハンドルとかフロントガラスの周りにつける綿ぼこりのでかいようなヤツの有無で持ち主の区別は容易につくでしょう。

ドリ子は車の運転のために、自然とヒールの低い上履きみたいな靴をよくはくことになります。車内には自分しかいないので、電車移動などと違って化粧する必要性も低くなってきます。車があるからお酒も飲みません。

ああ、車を持ってるドリ子の条件を書いていくと、どんどん彼女らは主婦らしくなっていくんだよ。

私「ガールズトーク」や「女子会」は
基本的にドリ子のものだと
思っております

昨日JUNK
聞き逃してさあ
ラジオあんまり聞いて
ないなー ゴッドタンと
アメトークばっかり
見てる
スイーツ♡は好き
吉田豪の本が
RTで回ってくるから
買っちゃったー

↑こういうのはガールズトークっつーより
ほぼメンズトークだよ
ボーイズトークですらねーよ

ドリカム層は主婦準備層と呼んでもいいと思う。ドリ子は独身時代から主婦的生活の基礎固めをし、結婚してもスムーズに田舎のコミュニティ内での主婦生活に移行するのであろう。30歳の独身OLドリ子は都会のカフェで「ガールズトーク」などと若ぶった名前の集いをやるけれども、これを子供アリの30歳ドリ子が田舎の誰かの家でやってればママ友のお茶会ですもんね。この間での移行は案外楽だ。

ということで、田舎への順応性が高いドリ子だけれど、服だけは困ると思うんだよね。女子ですもの、毎日の通勤やちょっとしたデートに、近所の大きなスーパーの衣料コーナーの品揃えじゃいくらなんでも満足できない。バイパス沿いにユニクロやジーンズメイトくらいはあるとしても、さすがに全部そこで揃えるわけにもいかない。

そんなとき彼女らにとって心強いのは通販ですよ。

ドリ子は、年齢相応の女性らしさは求めるけど、個性的な色合いや形を好むことはない。ブランドにこだわるようなこともあまりない。となると、通販ならそこそこオシャレな服が揃ってるし、さしあたって不便はないんです。フェリシモでもニッセンでも、みんな安いしかわいいです。ほかにも便利な掃除用具とか、少々の家具とか、ドリ子は通販を利用します。ドリカム層が田舎にとどまっていられることに、通販はかなりの貢献をしてると思います。

しかし、この通販ファッション、モテない系のやけに厳しい目にかかると、そもそもオシャレ

モテない系は通販に
がっかり感持ちがち
だと思う
下着なら
いいかな〜
何かがちがうな〜
形が合わないし
デザインも写真に劣る…

とされなくなってしまう。

繰り返しますが、ドリ子はモテない系に比べて生活にスリルや刺激を求めないので、映画もライブも観劇も、個性的な雑貨店での買い物も、いい感じのカフェでのランチも、そんなに頻繁に必要としていない。田舎での生活に対する適性は、こういう点でもモテない系よりはるかに高いわけだ。

通販レベルを越えたオシャレだとか、映画だのライブだのカフェだのというセンスにあふれた生活は、もしかしたら酒やタバコと同じ意味で害悪なのかもしれない。

モテない系はこれらの刺激の中毒になりがちだし、その反動でド田舎での自給自足に憧れたりするけれど、ドリ子はそういうふうに両極端に振れない。ドリ子はまさにナチュラルな形で田舎に暮らしているんです。

ナチュラルってのは「自然とともに暮らす」とか「季節を感じる」とかではない。自分の車で近所のバイパス沿いの巨大なスーパーとホームセンターがいっしょになったようなところに行き、食材と便利な調理器具と、テレビで話題になってる健康グッズやかわいいキャラものを購入するような生活をするということです。

刺激のなさに耐えられないモテない系は、実はこういう「ナチュラル生活」がいちばんきついと思うんですよね。

モテない系の呻き（9）

いつまでも**よそよそしく**

モテない系は彼氏や夫がいるかが問題じゃない。彼氏や夫に対して、彼女や妻らしくふるまえるかどうかのほうが問題だ。彼氏をただ単に「彼氏」と紹介することさえままならない、めんどくさい人たちのことを皆さんはご存じか！　ご存じであってほしい！

Q

付き合って2年になる相手がいるのですが、いまだに○○さん（名字にさんづけ）という呼び方しかできません。よそよそしいからやめてほしいと懇願されるのですが…。一般女子に聞いたところ、ユウ君とかアッ君とか君づけにする、トモちゃんとか男子のくせにちゃんづけにする（！）などが多いもよう。こんなのはこっぱずかしくて、口に出した途端、自分で失笑。名前にまったく関係ないニックネームでもつけようかと思いましたが、ノーマルな人畜無害の相手のため何も思いつかず、しかもミクシィやツイッターで知り合ったと勘違いされるのもしゃくなため断念。ちなみに彼氏という言葉も使えません。彼氏がいるんですよ！と威張っている気がして…。

（ぴかり・30歳・営業）

A

彼氏のことを冒頭から「相手」と呼んでらっしゃる！　ちょっと茶化した「相方」という呼び方さえ苦痛なんでしょうね。そこまで自分に厳しいアナタが彼氏を愛称なんかで呼べるわけがないです。こうなったら古き良き時代の知恵を借りましょう。一つの手は「下の名＋さん」の、貞淑な妻パターン（例：サザエ＆マスオさん）です。下の名の時点ですでに厳しいでしょうか？　では、「名字＋さん」の呼び方は彼氏に我慢してもらって、逆にアナタが「下の名＋クン」で呼んでもらうのはどうでしょう。昭和の正しい男女交際パターン（例：エスパー魔美の高畑さん＆魔美クン）です。ご検討を…。

総天然色・オールカラーへの道

たとえ彼氏がいようとも、そして彼氏が大好きであろうとも、モテない系は「彼色に染まる」ことができないのだ。モノクロームの世界から抜け出すチャンスはいくらでもあるはずなのに！「男ができて変わっちゃった自分」が恥ずかしい、という自意識！

Q

かっこよくスタイリッシュな女性にあこがれ、体形のコンプレックスなどもあり、いつも無難なモノトーンのファッションを好んで着ていました。気づけば全身真っ黒で、真っ黒のカブにメットに真っ黒のリュックで通勤する日々。そんな私が６年間思い続けてきた憧れの彼氏と付き合うことに。しかし相手はオシャレでアメカジ大好きの年上男性。「似合うから着てみなよ」と勧められるのですが、原色をうまく着こなせるか心配です。あきらかに男の影響だと友人には思われるだろうし、色のある世界を教えてくれた彼氏にホントはどっぷりと染まりたいのに…。相変わらず勇気がなくて、モノトーンを選んでいます…。

（wanpaku・27歳・クリエーター）

A

モテない系はパステルカラーを避ける傾向がありますが、カラー自体を避けてしまうとは。こうなるとリハビリも大変です。カラーを勧めてくる彼氏の存在は、この上ない好機なのに…。ポイントは、さらりと織り込まれた「男の影響だと思われるだろうし」の一文ですよ。これこそがモテない系の悲しい根幹なのでございます。こうなったらいっそ彼氏を真っ黒に染めてみたらどうでしょう。むしろその方がハードルは低い気がします。

終業後の社内にて…
くらやみから声だけが聞こえる…… 幽霊!?
やっぱり黒だよね♡ 黒だよね♡黒だよね♡
そうだよね 黒がいいよね… ウフフ……
黒服
彼氏を黒く染めあげてしまえ!!

10 ドリカム層の履歴書

兄弟構成が三姉妹という人が知り合いに何人かいるのですが、私は彼女らのとおつきあいのなかで、ある法則性に気づきました。

長女はやっぱり姉らしく、いちばん落ちついている。次女はちょっと男っぽくて奔放。三女はいちばん「女」を楽しんでいる。

言い換えれば、長女はドリ子、次女はモテない系、三女はモテ子（ギャル寄り）である！

三姉妹の長女で、典型的なモテない系に見える知人もいたのですが、後々知ったところによると妹（次女）はもっとディープな文化系の人だった。例えるなら、長女がミニシアター系映画を好む一方で、次女は自主製作映画を作っている、といったようなバランス。三女はというと、三人の中ではいちばんモテ子に近いファッションのモテない系なのであった。

独断と偏見による「典型的三姉妹」
長女
ひかえめ　早めに寝る
「どこに出しても恥ずかしくない子」
長女のプレッシャー
次女
ややガサツ
独自のこだわり
奔放　自由
三女
ギャル
恋愛体質
全員　谷亮子の顔にしたのは特に意味はない

要は、三姉妹の場合、どうやらいちばん上がいちばん「ドリ子寄り」、いちばん下は「モテ子寄り」、真ん中は「モテない系寄り」になるのだ。

これは私のごく近しい人間関係の中での法則ですが、周りの三姉妹がどんなバランスか、ぜひ観察していただきたい。

そんなわけで、今回は「ドリカム層の履歴書」として、ドリ子の育ちぶりを考えてみます。モテない系と対比しつつ。

三姉妹の例に限らず、なんとなく「姉」的なしっかりぶりを求められて育ってそうなドリ子。小学生の間は、きっと模範的な良い子として育つんじゃないでしょうか。5段階の通知表でいえば、オール4くらいのイメージ。成績もよさそうだし、学級委員なんかやってるかもしれません(ま、たいがい小学校の学級委員なんて成績がいいか足が速い子か、どっちかがやるもんですからね)。ただ、本格的にリーダーシップを取ることに長けているわけじゃないので、児童会長みたいな重職につくことはなさそうです。学級委員どまりだと思います。

一方でモテない系。早熟(?)な場合は、自分の意志でもないのに個性とやらが漏れ出てすでにクラスのメインストリームから外れているが、まだ友人関係が個人の趣味などに左右されない時期なので、完全な分化はしていないと思われる。

つづいて中学・高校時代。ドリ子は変わらず成績は中の上〜上の下といったところで、さほど強くない部活に在籍しているでしょう。運動部なら軟式テニス、文化部なら吹奏楽や、手芸などの家庭科系の部。一般的に本気度の高そうな「3バ」（＝バレー・バスケットボール・バドミントン）にはあまりいないと思うんだ。そういう部活の子は後々、ギャルやお姉系、戦うキャリアOL系など、体育会系の素地を活かしつつ大筋ではモテ子の方向に進むと思うんだよ。

みんな本格的にオシャレに気をつかい始めるのも中高生のころだけど、ドリ子はその芽生えが遅い。髪のまとめ方にもスキがあるし、制服の着こなし方にも別に工夫はありません。先生には好かれるよい子です。

一方でモテない系はこのあたりからいよいよクラスの中心から距離が遠くなり、女子の網目からこぼれ落ちていく。趣味の面で友達に引きずられたりするのもこのころです。

そんなわけで、中学高校あたりでモテない系はだいぶ輪郭が固まるのだけど、ドリ子はまだモヤッとしていると思う。だから、友達の選び方の運命によって、ドリ子がモテない系的な趣味につきあわされたり、逆にドリ子的な友達ばかりに囲まれてモテない系が鬱屈することも多々ある

中学のドリ子には大いにスキあり!!
(大人になってもスキありだが…)
変なピンク多用の
桃子!!
強風に吹かれたような
おくれ毛ほつれ毛の
嵐子!!
マユゲヒゲの
光!!
(私服時)
3人合わせて油断戦隊ドリ娘《ムスメ》!!

はずだ。

高校を出て、進学あるいは就職。ドリ子は上昇志向が強くないので、たとえ成績がよくても難関大をあまり目指しません。また、就職の場合はほぼ地元に残ります。

大学に入った場合、まだドリカム層という集合体の像ははっきり見えてこない。ドリ子のみなさまは、周りの友人の影響を大きく受けると思うんだ。大学進学時の環境や、彼氏ができたことによる変化などでまだどっちにも転がる。うっかりモテ子ばかりの環境に入れられれば少しモテ子風になり、モテない系の多い場所に行けば浅くモテない系の特徴を帯びるでしょう。

ともあれ、学生生活を終え、人はいつか社会人になる。この時、ここまでいまいち輪郭を捉《とら》えづらかったドリカム層という集合体が、ついにその姿をはっきりと見せます。

遅いよ！

社会人という環境は、ドリ子にとって過ごしやすい。社会人として求められる服装、ふるまい、言葉づかいなどの適度な女らしさは、ちょうどドリ子が元来好んでいるものです。

「社会人」の名のもとにはモテない系が持ってるクドさなんて封じられ、大半の職場は「派手なコ・かわいいコ」と「地味めなコ」に大分されます。言うまでもなく前者がモテ子、後者がドリ子。こうしてドリ子は顕在化する！（モテない系はどっちなのかというと、外見によってきと—

にどっちかに振り分けられてるんだよ。中身なんて関係ないんだよ。へっ。）

さあそこからドリ子はその勢力をどんどん増していく。次に控える大きな節目は結婚。

親戚筋からのご縁のお話など、古典的ないわゆる「婚活」もあるでしょう。ただ、ドリ子にはやっぱり社内恋愛&結婚が似合うよね。社内なら見つけやすいから、結婚も当然モテない系より早めです。

ドリ子は8割が30歳まで、9割5分が30代半ばまでに結婚をすると私は見なしているが、平均的に考えて結婚年齢は27歳くらいかな。「会社村」の中での結婚なら仕事でも融通がきくし、大会社なら福利厚生も行きとどいている。ずっと実家暮らしで、一人暮らしや同棲生活を一度も経験せずに結婚する人も多数。

結婚すれば次は順当に出産に進み、絵に描いたような幸せな家庭が完成する。その後は専業主婦の道も職場（またはパート）復帰の道もあるけれど、もちろん家庭のほうが重視されるわけで、そのあとは家事と育児に追われながらも子供の成長とともに余裕ができて、地域のカルチャーセンターに行ってドライフラワーに凝ってみたり、ケアをいいかげんにしていた肌をいまさら気にして雑誌「美STORY」を参考にしてみたり。

そう、よくある、ああいう感じです。ああいう感じはすべてドリ子である。

さて、問題は、結婚できない（しない）ドリ子。

私には、若いドリ子の行く先に結婚以外は見えないのだけど、それでも100％結婚できるとは限らないだろう。結婚しない場合、あるいは離婚してしまった場合のドリ子はどうなるんだろうか。

まず、モテ子的、あるいはモテない系的な方向のどちらかへ、ものすごく遅い脱皮を試みるパターンがありえると思います。

前に書いたように、ドリ子は安定志向でありながら、内心どこかでモテ子の奔放さやモテない系のアグレッシブさをうらやましく感じてもいるはず。仕事を続け、そこそこのお金と極端な自由を手にしたとき、いまさら刺激を求めて冒険してもおかしくない。

一人で飲める行きつけのバーを作って人間関係を深めたり、どっぷりはまれる趣味を見つけてお金をつぎ込んでみたり。さらに突き進むと、泥沼の不倫に走ってみたり、ホストにはまったりという、およそ10代のドリ子は考えもしなかった方向へ没入して行くことは十分に考えられます。

いや、実際こんな例は耳にしたことがあります。

こうなると急にドリ子に仲間意識が出てくるんだよなあ。ドリ子に幸あれ……。

ドリ子って、たとえば
同じ「ホストにはまる」でも
不幸感倍増なんだよなあ…
どうしよお…
龍壱（↑ホスト）ってば
あたしをお客としてしか
見てくれないの……
は～!?
やめときなよ～
ギャル（モテ子）の場合
ドリ子の場合
実は最近
ホストクラブに
けっこう行っててぇ…
ちょっと
おカネきつくなって
きてね…
ええっ
うそお…
えっと…
ド
ド
夫・子アリ
独身

ところで、逆のパターンとして、モテない系からドリカム層へ転向（ステップアップ？）する人もわずかにいる。

初めて彼氏ができたときや就職したときなど、何かのきっかけで、いままでの「女らしさなんてクソ食らえ、私は私の道を行く」という観点を大いに反省し、モテない系から早々に足を洗って彼氏や仕事に寄り添いながらドリカム層へ楚々と入っていくというパターン。

それはモテない系をいま自認する者からすれば、ちょっと裏切りのようにも思う。でも、いずれほとんどのモテない系に訪れる通過儀礼でもある！

モテない系の呻き（11）

ガールじゃねえだろ

デザート類を「スイーツ」と呼ぶような女たちを、ネットスラングでは「スイーツ（笑）」と呼んだ。その後も絶えずOLまわりでは浮かれた新語が生み出され、そのたびモテない系は居心地の悪さを感じ続ける。流行とどう折り合いをつけるか、モテない系！

Q

「ガールズトーク」「女子会」という言葉が苦手です。どちらも主に20～40代の人が使っているように思いますが、私の中では「ガール」とは小学生～高校生くらいまで、女子と使うのも大学生くらいまでだと思うのです。それをいいトシの女が言うのを聞くたびに「ガールじゃねえだろ」とか、「飲み会でいいじゃん」と内心つっこみをいれてしまいます。この言葉には「いつまでも若くありたい自分」という女の思いがあからさまに出ている気がして、それが居心地が悪いんだと思います。だいたい、私が思うガールや女子の年代の子がこれらの言葉を使っているのを聞いたことがない。日本の女よ、もっと大人になれ！　と喝をいれたくなります。

（ぴぴ・35歳・事務）

A

厳密に言うと「女子」には「女性」という意味も含まれるから（「女子トイレ」とかね）、別に「80代女子」と言ってもいいんですけどね。自分を女子だのガールだの言ってる人らの甘えた自意識が鼻につくわけですよね。

ガールは論外としても、女子はきっと「子」の字がよくないんだと思うんですよ。これから「史」にしちゃえばいいんじゃないかな。「女史会」。アホなうわさ話は一切なく、クラシックの流れる空間で紅茶とともに教養あふれる会話が交わされてそうです。自立した大人の「女史」。音は変えずにこっちを広めるのはどうだろう。いや、広まったら結局陳腐になるんだろうな…。

エネルギーは一応あるんです

モテない系と体育会系のノリは相いれないものですが、どういうわけかモテない系と「無茶な体力勝負」は両立します。いつもしらけているわけではなく、理由もなく突然エネルギッシュになることがあるのです。たぶん方向性間違ってるんだけどなあ。

Q

「学生時代スポーツは何されてましたか？」と必ず聞かれます。何もしてないんですけど…。ちなみに今も自転車通勤（片道20分）のみで、通常は際立って運動はしません。しかし、思い立ったら即行動なので、一人でぶらりと自転車旅に出たことがあります（片道150kmを往復する1泊2日の旅）。その話をうっかり同僚にしたところ、全社的に変な女として認知されることに。結果、普通の男性はドン引きで、イカツイ後輩男子が「体の鍛え方教えてください」と寄ってくるだけ。だから鍛えてないのに〜。

（JIJI・27歳・商社）

A

自転車で、ひゃ、ひゃくごじゅっきろですよ。特にスポーツはしてないけどいきなりひゃくごじゅっきろ×2ですよ。…そう言う私もかつて、思い立って一晩中歩いて渋谷から埼玉県まで到達したり、深夜バスに2連泊という強行の旅をしてみたりと、無茶な体力を浪費している。モテない系はステキな女になるために自分磨きをしようと考えたり、健全なスポーツでさわやかな汗をかいたりしない分、突然、ふつうのスポーツの数倍のエネルギーを一気に使う運動をしてみたり、あるいは何かをオタク的に情熱的に追っかけたりするんだろうな。モテない系はエネルギー迷子だよ。

本文とは関係ないが、女子は背が高いとすぐ
スポーツしてました？バレーとか…
してません!!
いつも聞かれるとキレたくなるよね
って聞かれるよな。
思うに、基準は168cm以上。

11　ママ文化の甘い海

ここまで、ドリ子さんが結婚や出産にいたるあたりまでを好き放題語ってまいりました。こうして家庭を持ったドリ子を私はドリ子の最終形態だと思っております。この段階がドリ子のいちばん安定した状態であり、完全体。

この状態を一文字でなんというか。

「母」ですね。

いや、やっぱり二文字にします。

「ママ」。

モテない系がどんな形になっても不完全さを感じているのに対して、ドリ子の強みはこの最終形態が分かりやすいことにあります。

なぜ「母」ではなくて「ママ」なのか。それは、単に子供の親であることを表す「母」よりも、

「ママ」のほうが最もドリ子周りの文化を表すにふさわしいからです。

ママ友。〇〇ちゃんのママ、という呼ばれ方。雑誌の投稿欄などで自称するペンネーム「〇〇くんママ」。ママさんバレー（古いけど）をはじめとした、あらゆる「ママさん〇〇」で語られるもの。これらすべてが、ドリカム層の香りを発してる！

ドリ子だろうがモテない系だろうが、出産や育児という体験は誰しも不安なもの。一人のときは好き放題やっていたこだわりなどをかなぐり捨ててでも、近くに同士がほしくなってしまいます。そのときモテない系は「ドリカム層的ママ世界」に一度飲まれてしまうのだ。

母親学級に潜入してコミュニケーションを図るわけにもいかないので、私はとりあえず出産・育児系のSNSをのぞいてみた。すると、どこでも似たような雰囲気が目に入ってくる。

ピンク多めで彩度の高い、はじけるようなポップな色づかい。誰にも嫌われなさそうなクセのないイラスト。赤ちゃんではなくてベビーと呼んだり妊娠中の人をマタママ（＝マタニティママ）と呼んだりという、ほとんど必要なさそうな外来語や造語。頻繁に出てくるキャラクターはディズニーやアンパンマン……。

まぶしすぎる！　ドリカム層の臭いが母の愛のごとくあふれ出ている。子供自体がピュア（なイメージ）だし鮮やかな色合いを好むから、それと相まって異常なポジティブさがほとばしっている。汚いものなど一切ない、春の郊外のモデルルームのような雰囲気に、心身ともになんだか打ちのめされてしまいました。

ミクシィでも、「☆2009年ベビー☆」だの「2010年ママデビュー」といったようなコミュニティが大量にあり、やはり同じような臭いが漂っています。なまぬるく甘い乳臭。

モテない系といえど、心強い仲間を得るためにはこの母乳の海に飛び込まないといけない。公園デビューの前に、すでにドリカム層への入口は待っている。モテない系が憧れがちな、天然素材・オーガニック食・布おむつといったような「いい暮らし」の世界と育児は調和するはずなのですが、そんな完璧さは所詮おしゃれ雑誌の上での話なんです。自由すぎる子供とまわりのドリカム層ママに挟まれて実践は困難を極め、妥協はどんどん生まれていくはず。

そんなわけで、学生時代には地味で隠れた存在だったはずのドリカム層は、加齢に伴って存在感をぐんぐん増していき、出産頃にはいつの間にか最大勢力になっています。

社会人になりたての頃はかなりの勢力を誇っていたはずのモテ子も、結婚や出産を通過するとすごい勢いでドリカム層へと転向していきます。これは年齢を重ねて丸くなるというよりも、おそらく、自ら選んでモテ子の武装を解いていってるのだ。

だって、策略でモテ道を走るタイプのモテ子は、結婚という目標を達成してしまえばこれ以上モテる必要がないですもん。子供を持てば自分に気をつかう余裕が少なくなって所帯じみるし、

根性で「オーガニック」やり通せば
むしろカリスママママになれます♡
↑結局「ママ」だよな
まさか崇められる存在になるとは…計算外だった
ベビースリング必須
はは―
肌に良い素材について教えて下さいませー
うちの颯珠月が野菜を好きになるにはどうしたら――
DQNネーム

服にお金をかける必要も薄れていく。

こうしてモテ子は妥協ラインをどんどん増やし、結果としてドリカム層の勢力は一段と増すのである。


ところで、ドリ子は彼氏や夫に比較的従順で、「尽くす女」です。子供ができるとそっちを優先して夫を尻に敷くこともありますが、子供という新たな尽くす対象ができただけです。行きすぎて教育ママになったり過保護になったりすることもあるでしょう。

このように、ドリカム層は基本的には無私で、人に生きる女たちです。母性をものすごく持っているタイプだと言ってもいい。前に書いたように、結婚できなかったときにホストにはまったりするのも、尽くす相手を求めてのことかもしれない。

では、モテない系と夫の関係はどうなのか。

モテない系は、せめて子供ができるまでは、夫と対等かちょっと上でいたいと思ってしまうんじゃないでしょうか。別に男女同権だの機会均等だのという社会的意義に基づくものではなく、基本的には働いていたいし、単に自分のやりたいことやこだわりを捨てたくないという理由です。だから、モテない系は、男に対して一歩下がって尽くすとか甘えるとかいうことができない。演

現在60くらいの方々、
ぜったい モテ子→妥協っていう人
多いと思うんだ

アタシだって昔はキレイだったのよぉ〜
ほんとに美人だけにコメントしづらい
山田商店

今のモテ子は果たして
どこまで持ちこたえるか…

技でもなかなかできない。

これはつまり懐が狭いということである。夫の下になりたくないのも、甘えることができないのも、懐の狭さが原因です。この「懐の狭さ」こそがモテない系の元凶と言ってもいい。モテない系は何に対しても懐が狭いんだ。

だいたい、モテない系はまず結婚を面倒くさがる。自分の親や相手の実家との関係、結納をどうする、結婚式をどうする……この煩雑な人間関係や事務手続きに耐える懐の広さがない。結果として、結婚しても式をやらなかったりしてまた親と一揉めします。

そこを乗りこえて結婚しても、今度は出産と育児の深みにはまる。ほったらかしてても育つよ、なんて大らかな考えにはとても到達できない。これがいいらしい、これは悪いらしい、という情報に右往左往しつつ、自分のスタイルや自由もほしいというジレンマの中で疲弊します。相変わらず懐が狭い。

このへんの重みを、ドリ子は軽く乗りこえるんだよ。その大らかさ、しなやかさは絶対モテない系にない。なぜだろうか。

ドリ子だって、もちろん内情は大変なことがたくさんあると思うのですよ。結婚や出産における悩みの要素にモテない系と差があるとは思えない。そんな悩みの重さを、モテない系は重いまま出力する。

しかし、ドリ子たちは顔文字で乗りこえようとしてる気がするんだ。「たいへんだよ〜（T_T）」くらいのノリで!

顔文字、あなどれない。ドリカム層のカギとなるものかもしれない。

「録画予約失敗しちゃった」も「ごはんがうまく作れなかった」も、「育児が大変」も、（T_T）ひとつで同じ程度の悩みのような気がしてしまう。一種の魔法です。

そういえばいまメールを使いこなせる50〜60代女性も、ほとんどの人が頻繁に顔文字を使いますよね。ドリカム層と旧来のママ文化はやっぱり共通なのだ。母の強みにも通じるのだろうな。

唐突に時事ネタですが、元夫の不倫をツイッターで暴露した大桃美代子氏（1965年生まれ）のツイート*見ましたか。

> 今年嬉しかった事は、Twitterを始めて色々な方と出会えたこと。ショックだったのは、元夫が麻木久仁子さんと不倫をしていた事がわかったこと。先輩として尊敬していたのに、ショック(´Д`)どうして（ToT）辛い

ほら、これですよ。

これをもって大桃さんも勝手にドリ子認定させていただきます。ドリ子であれば不倫のショッ

たいていのことは顔文字でイケる!!
元気ー!!
ダー♥が今週全然帰って
こないよ〜〜(>_<) また
うわきしてるのカナ??
許せない〜
中②のムスメもタバコ
始めたし私に「クソババァ
!!」とか言ってくるよ
たいへんだよ〜〜(T_T)
返事は「そっかー(>_<) 大変だね」でいいのか!?

クさえも顔文字で表現できる。内心大ショックであっても、文面から感じるのはこの軽さ。この顔文字は、結果として自分自身のダメージさえ和らげてるんじゃないだろうか。顔文字絵文字を使わないモテない系は、生活のクッション材が足りないんだ。

でも、使いたくないんだよなあ……。

＊2　2010年12月、タレントの大桃美代子氏が、同じタレントであり先輩の麻木久仁子氏と自分の元夫が不倫していることをツイッター上で暴露し、話題になった。

モテない系の呻き(13)

親の目で**無償の愛**を

「結婚は別に…。でも、子供はほしいな〜」。モテない系に限らず、現実の恋愛があまりうまくいかない妙齢の女性からは本当によく聞かれる言葉です。その願望とモテない系の妄想力がタッグを組むと、さあどうなる。

Q

私が最近はまっているのが、ずばり「年下の男の子」です。俳優では本郷奏多くんや神木隆之介くん、体操の内村航平選手もかなり良いです。ただ、私が彼らを好きだと思う気持ちは、もちろんファン的な要素が一番ですが、「付き合いたい」という甘い気持ちの対象ではないのです。はっきり言って「将来こんな子供がほしい!」の一言に尽きます。こんな子供がいたら、母親として何でもしてしまいそうです。ケーキを焼いて帰りを待ち、彼女ができれば大喜びをし、悲しいときは頭をなでてあげたいです。想像しすぎて脳内麻薬が出ます。というわけで、恋愛↓結婚↓出産というプロセスをすっ飛ばした気持ちで「JUNON」をコソコソ立ち読みしています。あぶないですかね?

(ひなた・22歳)

A

ああ、仮想の相手に、“無償の母性ダダ漏れ状態”でございます。これはもちろん、決してあぶないことではありませんよ。むしろ、モテない系としては当然の成り行きかもしれません。とはいえ、現実の恋愛も特にない上、仮想の相手にも甘い気持ちがないとなると、ちょっとマズいですよね。なぜかって、100% 母性しかないんじゃ、ただの枯れたおばさまってことになりかねないからね。22 歳でそれはちょっと早いぜ、姐御!

小声です

今回はずいぶん小さなエピソードで、どこがモテない系なのか、と思われそうである。でも私はこれをモテない系と断定する！　モテない系の基本は過剰な自意識！　たくさん仲間が集まっても大きな波にならない、いつでも様子見。これこそモテない系。

Q

私の元気がないと「肉で乾杯しようよ」と友達がメールをくれます。そして、焼肉店で肉が焼けるたびに「わっしょい。わっしょい」と言いながら食べています（もちろん、恥ずかしいので友達内で聞こえる程度の音量です）。

（なっきー・26歳・医療）

日本一小声の「わっしょい」だと思われます
わっしょい…
わっしょい
わっしょい
もりあがろうぜー
ギャー
ワー
男がなんだー

A

もし彼女らが「肉食べて元気だぞう！」「よーし、今日は飲むぞー！」とでっかい声で盛り上がっていたなら、それは文字通り肉食系女子ってやつだ。きっと仕事にも恋愛にもガツガツ精を出すことでしょう。しかしこの話…単語を見れば、肉！　わっしょい！　と、盛り上がる要素満点なのに、文面から伝わるこの静けさは何でしょう。友達内で聞こえる程度の音量でわっしょい、ですって。「肉で乾杯」というひねくれた言い方も心に残る。この、自意識がありあまって盛り上がり下手な感じ。いくらわっしょいと言ってもはじけきれない、でも肉でちょっとだけ元気になる。その控えめっぷり、好きです。

12 ドリカム層への合流

ドリカム層は田舎に多いと前に書きました。

刺激的な都会と一定の距離を置いていること、これも一つのクッション材なのかもしれない。日常で使う絵文字や顔文字のように、「都会との距離」がうまく刺激を和らげているんでしょう。

いままで漫画や旅行の話でも触れたけれども、ドリ子は刺激、毒気、うるさい、汚い、怖いが苦手です。モテない系は都会ならではの娯楽を常に求めてしまうけど、ドリ子はそういうことに比較的興味がないから問題ない。買い物も、日常生活で必要なものはだいたい通販を利用すれば十分です。

それから、ドリカム層は善意を表現するのも好きです。

彼女らは平均的な良識があるので、ペットボトルのふたを集めて車イスにするとか、エコバッグを使おうとか、テレビで呼びかけている募金に参加するとか、こまごました善い行いをします。

大きな運動にのめりこむ気はないけど、参加した運動の実態まで掘り下げるつもりもないから、「善意を示す」くらいのところで止まります。盛り上がっているところに乗っかる、というくらいの感じ。

つまり、ドリカム層は通販大好きで、キャンペーンのノリの善意大好き。

ということは、ドリカム層って何かをマーケティングするときのいちばんのターゲットじゃないかと思うのだ。商品や意識のメジャー感の判定基準となる人たちであり、おそらく「ドリカム層が認めればメジャー」なのである。

映画のCMで、上映後の出口で「感動しました！」とか簡単な感想を言ってる人たち。ああいう人たちもきっとドリカム層(あれが演出かどうかは置いといて)。ニュースで街頭インタビュー映像によく出てくる、「景気が悪いですからね。誰が総理大臣やっても同じですね」とか「子供がいるので将来が不安ですね。国民のことを第一に考えてほしい」とか、フォーマットに入ったような意見を言う人たち。あれもきっとドリカム層。映画でも政治でも、素人のくせにちょっとエッジのきいた意見を言っちゃったりすると、国民一般の意見にならないから映像で使ってもらえません。電波に乗るのはほぼドリカム層の意見です。

だからドリカム層は、マーケティングの対象で、いちばん一般的な意見を言って、世間の勢いに流されやすく、国民の平均モデルを体現している人たちだ。ほとんど日本代表と言ってもいい！

選抜メンバーってわけではないんだよね
補欠
あの鈍くさい子が……
選考漏れ
どうでもいい
えー私がですか!?
代表
ド

「日本代表」というとほめている表現ですが、実際のところ「ごく平均的な日本の女性」という意味で言っているので、正直ほめてません。すみません。

彼女らは流行に影響されやすいし、ニュースに出てくる一般市民のイメージからも分かるように、自分の意見が強固ではない。ややこしいことを理解するまでにはちょっと時間がかかる方だし、世間の空気に流されやすいわりには、文章の行間を察するようなことは苦手です。決まりは守るよい子ですが、融通はあまりききません。なんとなく、新興宗教とか変な勧誘に弱そうな感じもする。こういった性質が、計算ではなく「天然」と言われる原因にもなります。

だから、考え方が男尊女卑気味の男（大部分の缶ビール男子など）が、女を卑下して「女ってバカだよな」なんて放言するのは、おそらくドリカム層の鈍さのことを言ってるんだと思うんです。そう言いながらも、彼らはその「バカな女」の「バカなところ」をなにより愛している。そんでモテない系は全然愛されない、と。こういうわけですね。

バカだなってうっすら卑下されながら愛されるか、言われもしないし愛されもしないか、どっちがいいかねえ。

いや、別に悩まないですね。缶ビール男子に好かれたくないからどうでもいいね。

計算で天然やるのと
ほんとに天然なのを
区別してくれる男は少数派

へっ…
昨日のニュースで長友の移籍が…て言っても分かんないかな〜
えーそれでワールドカップに出れるとかそーゆーことですかっ.
えーーアタシは強いチームが優勝すると思うーー
バカだなもう〜でもかわいい

日本代表の言葉に流されてサッカーネタ

ところで、ドリ子自身も、自分のこういう弱点を自覚してないわけではないと思う。

彼女らは「天然」と言われて喜んでいるわけではない。なんでも平均的ではあるけど、ひとつのことに優れていたり詳しかったりもせず、容姿やたしなみ（これを今は「女子力」というのだろうな）が突出しているわけでもない。第7章でも書いたように、ドリ子がモテない系やモテ子と自分自身を比べたら、軽い劣等感が芽生えるのがふつうだと思う。

ただ彼女らは、それを挽回しようっていう意欲は強くないんです。ドリカム層は、現状維持なのです。

そもそも自意識が変に高くないから、彼女らの軽い劣等感は、モテない系の劣等感とプライドがごった煮になってすごいめんどくさくなってる感じとは決定的に違う。ドリ子は、仕事でのし上がろうとか、男にモテまくろうとかいう激情（?）すらも様々なクッション材でほんわか防いでるんだと思うんですよね。もしかしたらそれがドリ子の成長や変化を阻んでいるのかもしれない。

自意識とプライドのはざまで毎日悶絶しながらも、結果として「私はこうだからしょうがないか」ってところにいつも戻ってくるモテない系と、薄ーい劣等感を持ちながらも淡々とした日常に不満はなく、そこそこ愛されて「まあいいか」と現状維持するドリカム層。実はお互いにちょっとうらやましいと思っている。2タイプのプロセスはまったく違うけど、意外と帰ってくるところは近いんだよな。

ところで、これを読んでいる皆さま（おおむね30歳前後が多いんじゃないかと仮定）のお母様は、モテ子かドリカム層かモテない系かでいうと、どれになりますか？

モテ子というパターンは稀《まれ》だと思うけど、いないわけではないだろうな。夫がいながらモテ子的振る舞いをしているとなると、なかなか魔性の女です。最近は、雑誌『美ＳＴＯＲＹ』でいうところの美魔女というのもいますよね。でもあれはたぶん、モテのタイプなど関係なく、美容という底なしの趣味にいきなり目覚めてしまった人のことですね。

……話が大幅にずれました。戻します。

私の母（60代）は、間違いなくドリカム層だと思います。皆さまのお母様もほとんどドリカム層なのではないかと私は考えます。この世代の「母」はほとんどドリカム層だと思うのです。

別にそれがいいとか悪いとかじゃありません。かつてはほとんどの女がドリカム層的な考えを持って、遅くとも20代のうちには結婚し、子育てに入っていったと思うんです。

いまは時代が変わり、ギャルが母になったり、モテない系がその性質を維持しながら母になったりしています。しかし、いまなお「母」の世界ではドリカム層の勢力が強い、はず。それは、いろんな人たちがどんどんドリカム層に取り込まれていくからだ。

「ギャル母」については
まだまだ進化の可能性アリと見てます
ゆーたん大しゅき〜♡
21歳
もちろんDQNネーム
麗舟翔《ゆめと》（2歳）
茶髪のこともあるベビちゃん
弁当とか意外とめっちゃしっかり作る
台
愛情たっぷり
（しかしややペット感も）

やっぱり、その要因としてデカいのは子供なんですよね。

何も知らない子供は、周囲から決まりを守ることをしつけられます。親も率先して社会の決まりを教えないといけません。そのなかには、当然守られるべき道徳もあれば、なんとなく社会通念で決められているものもありますよね。

面倒なのはもちろん後者。ドリカム層がいちばん得意とする、常識というやつです。その中には、女は／母は／男はこうあるべき、という姿で現れるものがあるわけだ。

子供が生まれると、ほとんどの人はただ近くに住んでいるという共通項だけで、地域のママ社会に入る。すると、モテない系は小中学生時代のような部外者感を再経験します。変な子だと思われていた中学時代の、クラスでのあの部外者感。成長して世界が広がって、趣味の仲間たちができてどうにか抜け出したあの部外者感。ママ社会に入ったらまたあそこに逆戻りしてしまうのです。

ママ社会最大勢力であるドリカム層のママ友たち（ってほんとに『友』かどうかは要審議）から受ける決まりごとや流行の圧力を、子供を守りながら跳ね返していけるほどの力を持つモテない系がどれだけいるだろうか。子供同士の社会のために、テレビを見ることも多くなるだろう。そのうえ、子供にはまだ見せづらい趣味は自主的に隠さざるをえない。「子供のために」の旗をかざされると、自分を押し通す気力なんて萎えてしまいます。

子供を「ふつうに育てる」ことと、モテない系でいることを両立させるのは大変です。ドリ子は保守的で自然で、いちばん常識的と思われる人たちだから、モテない系母が子供のためにドリカム層にしかたなく迎合していくのは自然な流れなんです。するとそのうち、子供のいないモテない系の友達といろんな点が少しずつかみ合わなくなってくる。子供が成長して手が離れればまた自分の世界に舞い戻れる可能性もありますが、多くの人はそこまでの気力がないでしょう。

こうして「常識的」なドリカム層の勢力は年齢が上がるに従ってどんどん巨大になってゆく。モテ子は、夫との関係が安定していれば、狩りのための爪をおさめて自らドリカム層に合流するでしょう。ギャルも加齢と育児で少しずつまるくなってゆく。モテない系のままで踏ん張っていた人々も少しずつ取りこまれてしまう。モテ子もギャルもモテない系も、たぶん圏外ちゃんも、ぜんぶドリカム層が吸収していくのだ。

以前『くすぶれ！モテない系』で、モテない系がいずれモテ系〜主婦に合流するという図を描

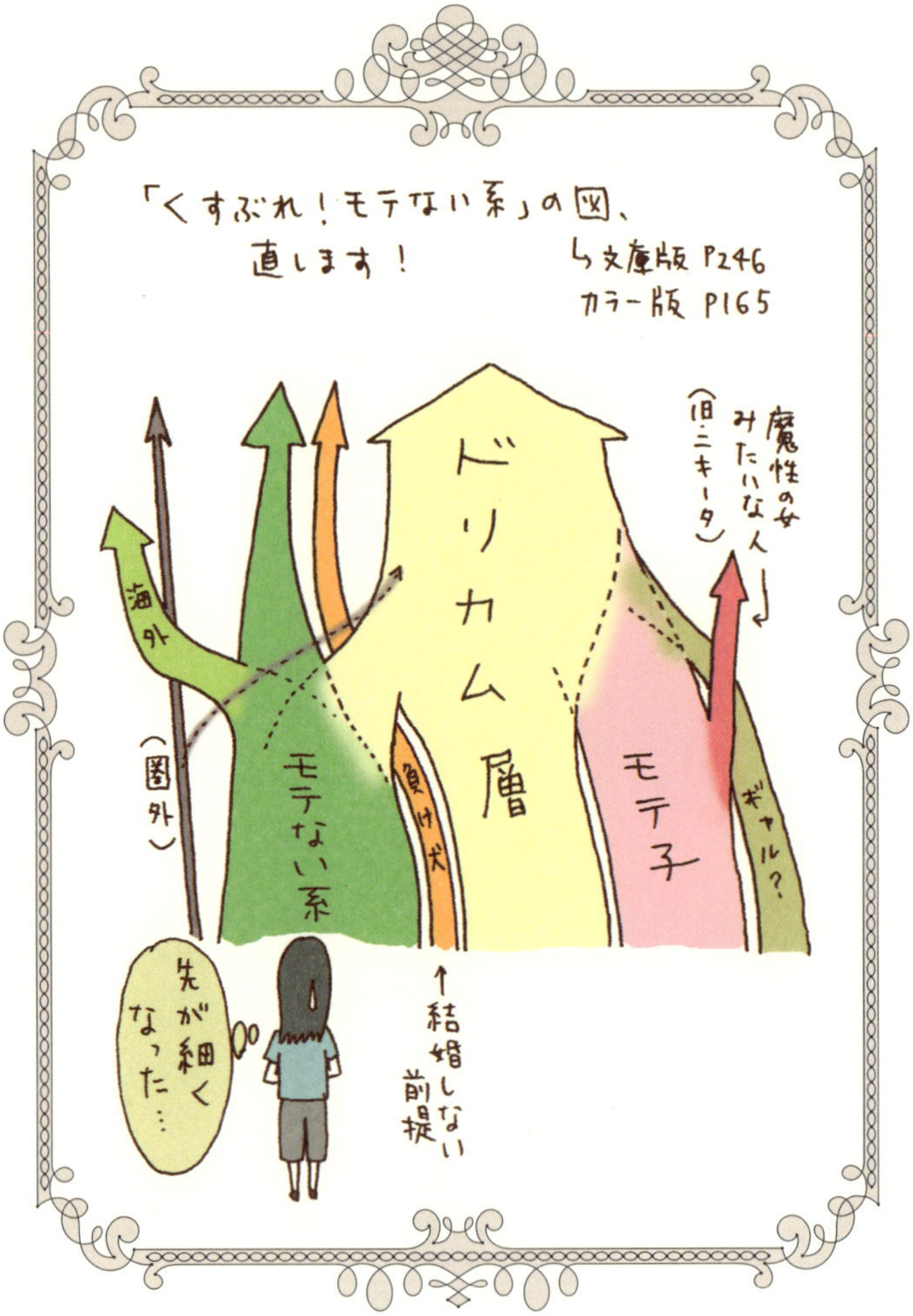
「くすぶれ！モテない系」の図、
直します！
↳文庫版 P246
カラー版 P165
ドリカム層
海外
（圏外）
モテない系
負け犬
モテ子
ギャル？
魔性の女みたいな人
（旧ニキータ）
↑結婚しない前提
先が細くなった…

いたけど、これは正確に言うとドリカム層に合流するということなんだろうなあ。改めて図を訂正したいと思います。

しかし逆に考えれば、モテない系がドリカム層へ完全に合流するのは、結婚と出産を経ること以外では無理な気がします。

仮に、女らしくなりたいとかモテたいとか、一念発起して自分のなかに革命を起こしても、ガムのようにこびりついた自意識を落とすことは難しい。コスメやネイルや髪型にこだわりすぎの「外見だけモテ子」に変わるのが精一杯でしょう。

モテない系の自意識の大半は「こんな（女らしい）女だと思われたくない」という、拒否から来るもの。それに対し、モテ子の自意識は「こういう（かわいい）女だと思われたい」から始まるもの。ところが、ドリ子は自意識そのものがそもそも薄い。だから、自意識の絶対値で言うと、モテない系にとってドリカム層はモテ子よりも遠い位置にいるのだ。相容れないのも当然です。子供のことで手一杯になって自意識が薄くなってしまったとき、やっとドリカム層になれるのです。

さて、ここまで書いてきて、私がドリカム層に対して若干否定的に考えていることがお分かりだろうか。お分かりですよね。一応ただけなすだけにならないように気を使って書いてきたつもりですが、つい、モテ子に対しての視線よりもさらに厳しく彼女らを見てしまうのです。

それはなぜかというと、ドリカム層が自分を殺しているように見えてしまうからです。

子供がいなくても「潜在的ママ」であるドリカム層は、順当に子供ができてママになると、いよいよ「ママ」という要素以外が急速に欠落していくように見える。成分がママ100%の状態になって所帯じみてしまい、自分というものがなくなって、変なキャラとローマ字のついたトレーナーを普段着にしてしまうような気がするのです。

私としては、人の母となっても「ママ」以外の要素を身につけているほうが美しいように思うのですが、それは独身のモテない系の身勝手なきれいごとなんでしょうか。

子供持ったことない人に言われても、という鉄壁の守備を誇る一言を出されると言い返しようがないので、このへんは蛇足だということでお茶を濁しておく。

ともあれ、日本はまだまだドリカム層を中心に回っていると思えます。

モテない系は、子供が生まれるとそのままの性質で突っぱって行くのは相当な精神力がないと難しい。かと言って、ずっと子供なしで生きていくのは、親兄弟や親戚の目を考えたら21世紀の今になってもいまだに肩身がせまい。

基本、変わらないさ!!
クッ…クラスの人気者たちめ…入りにくい…
キャー
マジかよ〜
アハハハハ
この子はアッチに入れるべきなのかな…
おかーさーん
(→ママとは呼ばせない)
岩
ドリ子
うちのチビがさ〜
元モテ子
えー
ママー

だから、モテない系はまだまだ受難の時代です。この際、あんまりこの本できちんと触れていないギャルに将来を託すべきなのかもしれない！（何の将来？）

それでもね、生きにくいと思いながらどうにか妥協して乗りきっていったり、卑屈に諦観しつつも時々牙をむいたりするところがモテない系のアイデンティティでもあります。これからも、気づくと岩の陰で増えてる苔みたいな感じで、モサモサやっていくのだ私たちは！

希望を捨ててみようか

街なかで、長身細身メガネのステキな男子と、きなり色のワンピースなどを着たモテない系っぽい女子のカップルが音楽の話などをしながら歩いているのをときおり見かけませんか？　私は、あれを目の錯覚だと思っています。という新説を先に述べつつ、投稿を拝見。

Q

前の彼氏はラーメンズの小林賢太郎似（そして長身細身メガネ）、現在の彼はくるりの岸田繁似（やっぱり長身細身メガネ）という、死ぬほど羨ましい女友達がいます。彼女自身は純粋培養されたモテない系で、「『パタリロ』とか『おにいさまへ…』とか、ゲゲゲの鬼太郎の実写映画（非ウエンツ）の話で盛り上がって付き合うことになった」とか言っているところを見ると、歴代彼氏も相当のモテない系だと思われます。彼女いわく「モテない系男子はモテ系の女を怖がってるから、こちら側に寄ってくる」とのことですが、本当なのでしょうか？「インテリジェンスを感じる女性の方が魅力的」だなんて、戯言か妄言だとしか思えないのですが。

（アンダルシアの犬・27歳・派遣）

A

はい、妄言です。そういう女友達はうまいこと自分から仕掛けてるんです。男の方から寄ってくるなんて、モテない系にはありえません。髪もメイクも完璧な女を怖がる文系男子はいますが、そういう男もファッションにスキのある天然ぶった小柄な女子（これもモテ系の一種）の策略にどうせ安易に落ちるんです。外見やふるまいの要素ナシで、話が合ってつきあうなんてありえません。あきらめよう。だからほら、メガネの文化系男子とほっこりおつきあいするなんて夢を持つな！　何度だって裏切られるぞ！　って今これは私自身に向かって言ってるんだ！　みんな、うまくやってくれ…私は置いてゆけ…。

モテない系とセックス

裸に自信なんかないに決まってんだろ

モテない系はセックスをどう考えているのか。いままで、なんとなく遠回りしてきた問題である。

「そんなんどうでもいいだろうよ。なにが『問題である。』だよ（笑）」と早速**自分ツッコミ**が入ったけれども、気にしない。気にしないんだからね！

ええと、仕切り直しまして。

モテない系にセックスをぶつけたらどうなるのか？　そもそもモテない系は自らの女性性をあまりアピールしたくないんだから、セックスなんて禁忌になるものじゃないのか。と思いきや、実態はそうでもないでしょう。おそらくモテない系はセックスを避けません。

「自らの女性性アピールが苦手」というだけですから、「くだらない下ネタ」は女性性アピールから遠く外れているのでむしろ寛容に受け止めます。自意識過剰なのも人目を気にしているだけだから、男子と二人きりであれば別にセックスそのものを拒否する理由はありません。

だから、セックス観は「人による」としか言いようがない。**単純にモテ系であればセックスに積極的で開放的、モテない系は慎重、というわけではない**と思うのです。

思うに、世間の女子は、**【モテ系〜ドリカム層〜モテない系】**という縦軸と、**【セックスに積極的〜慎重】**という横軸の二次元座標に配置できそうな気がするのだ。だから、私はここから、モテとセックスにかかわるこの**3系統×2種類の6タイプ**について独断で語っていきたいと思う。特に、モテない系について。

あ、セックスの内容については語りません。それこそ人それぞれですもん。

あと、圏外ちゃんのことは、あんまり語りたくないや……。たぶんセックス好きだと思う。してるかどうかは別として。

タイプ1 モテ系×積極的。

この人たちは見た目にも派手で分かりやすくいちばん奔放なタイプでしょう。若いうちは浮気性と見られながらふらふらと男を渡り歩き、性格がずっとそのままであればいずれは「**魔性の女**」へと化けそうな気がします。酔ったらたぶんふつうに「私セックス好きだよ」って言うと思います。ほんとは下ネタも平気だし酔わなくても全然言えるんだろうけど、**酔ったときにしか言わない**と思います。

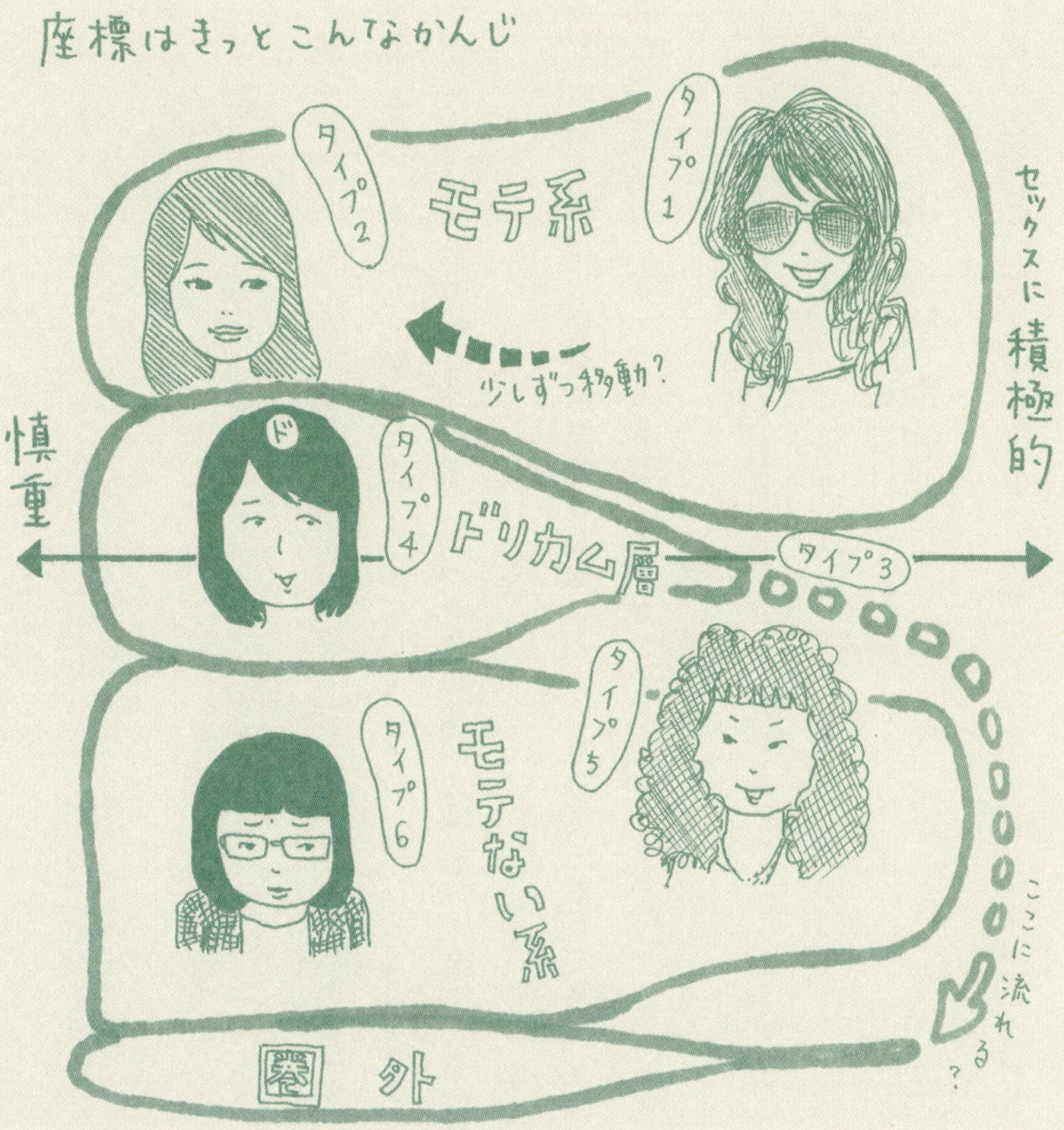
座標はきっとこんなかんじ
モテ系
タイプ1
タイプ2
少しずつ移動？
セックスに積極的
慎重
タイプ4
ドリカム層
タイプ3
タイプ5
タイプ6
モテない系
ここに流れる？
圏外

モテない系とセックス

タイプ2
モテ系×慎重。

年齢を重ねて、タイプ1から移行するパターンが多そう。高めの男子を**狩猟感覚**で狙い、**安定した結婚生活**を求めていくタイプ。ウブなふりをするくらいの演技力はあるでしょうけど、セックスの知識の蓄積は十分にあるはずです。

ただ、それとは別に、**自分を安売りしない**という意味で一貫してあまりセックスに積極性のないタイプは少数いるかもしれない。

タイプ3
ドリカム層×積極的。

ほとんど見られないレアタイプではないでしょうか。ファッションも地味めで個性もあまり感じられないのにセックスは積極的に求める子って、ちょっと危なっかしい香りがする。もしかしたら**いちばん不幸に見えるタイプ**かもしれません。うっかりすると圏外ちゃんみたいな雰囲気を帯びかねません。

タイプ4
ドリカム層×慎重。

ドリカム層としてはこっちが標準のはず。基本的にセックスに対しては慎重だし、いちばん自然な女性性をまとっているので、セックスや下ネタの話なんてのは心底苦手でしょう。若いうちに何人かつきあって、もちろんセックスもするでしょうが、20代後半くらいになれば順当に結婚してただ堅実に一人を愛し、生涯連れ添うようなタイプです。倒錯的なセックスなどそもそも知識になく、嫌悪していると思われます。ただ、その安定した結婚生活が万が一破綻するとタイプ3になってしまうかもしれません。

以上、あんまり私自身や私の周りには関係ない話だから軽めに触れた。次からモテない系の話。

タイプ5
モテない系×積極的。

知識の蓄積が好きなモテない系としては**当然セックスについて耳年増になるに決まっている。オタク的な飽くなき好奇心**と「自分はほかとはちょっと違う」という**中二病気質**のプライドから、モテない系は小学生のころから意識的にセックスに関する知識のためこみを始めているはず。

このタイプは、学生時代に決してクラスの中心にいることもなく、**ごく限られた気の許せる友達とだけ、かなりえげつない会話やあけっぴろげの下ネタで笑い合う**ことでしょう。しかし、早々に実践に転じるヤンキー文化とは対極に位置するため、セックスを経験するのは決して早くない。モテない系の女子は、高校生で経験をすれば十分に早い方だと思う。高校卒業後数年たっても経験がない場合は内心焦りも生じるだろうが、もちろんその思いは**気心知れた友人にも決して言わない**と思う。

また、経験の有無にかかわらず、その頃には**性に関する知識は俗っぽいものも含めてもう十分にパンパン**になっているだろうから、テレビで「天然」と言われるようなアイドルや女子アナが出てきて下ネタをふられてキョトンとしている姿を見ると、だいぶイライラ来るようになっているはずである（このイラつきはいくつになってもつきまとうでしょうが）。

で、セックスに積極的なこのタイプは、**好きになったらあまり計画なく突撃（&玉砕）するタイプでもある**と思う。だから、うまく相手さえ見つかればすぐに経験はできるけれど、タチの悪い男に捕まった場合は早いうちに**「都合のいい女」**とされてしまう可能性も否定できません。お互い了解のうえで一回だけとか、つきあってるのかどうか分からないままセックスはしてたとか、中途半端で後悔の多い体験はいきおい多くなりそうです。ふつうにつきあった人数も多いでしょうが、**自分が好かれるための方法は根本的に分かっていなさそう。**自分の体に自信があるわけでもありません。

タイプ6
モテない系×慎重。

モテない系ではおそらくタイプ5よりも僅差で多数派じゃないかと思う。

このタイプはさらに二派に分かれる。ほんとうに奥手で、セックスの話題やセックスそのものがさほど好きではない人たち（ドリカム層に近い）と、

興味はあるけど考えすぎて踏み出せない人たち。ややこしくなるので、前者の人たちはタイプ４に準じるとして、ここでは基本的に後者のことを取り上げます。

　このタイプもやはり知識欲旺盛な耳年増ですが、前述のタイプ５に比べれば**理性のブレーキがかなり強め**で、自意識ゆえに下ネタの話をあけっぴろげに友達とすることもなく、**ただひとりで妄想だけを膨らませる**ことでしょう。ああ大変だ。

　自意識や理性などのブレーキは、そもそも恋愛に踏み出すことを強く妨害します。自分から能動的に恋愛活動に入っていくことが苦手だから、ほとんどの恋愛沙汰は**受け身**です。でもセックスには人並み以上に興味があるから、「対恋愛」と「対セックス」でハードルの高さがあまり変わらないという変な現象が起きそう。恋愛経験が少なかったとしても、「遊び」と割り切ってセックスするのは案外できてしまいそう。

　さらに**徹底的に自分に自信がない場合は、耳年増なだけで経験はとても少ないまま**というパターンに陥りそうです。こうなると、人生を通じてセックスについては非常にこじらせますね。

ちょっと例外的なのは**腐女子**の方々で、彼女らは大集団になったり趣味の話に深入りしたりするとどこかで理性のブレーキが外れ、下ネタ（そりゃもちろん同性愛がらみですが）について異常に寛容になる。そのわりに、現実の恋愛やセックスについては行きすぎることもなく、逆に抑えすぎることもなく、案外冷静に淡々と経験を積んでいます。

と、6タイプを偏見にまみれた目で勝手に分類し紹介させていただきました。**モテない系がモテないからといってセックスから遠いかというと決してそうではない、むしろ無駄に知識をためこんでいて厄介な場合が多い**、ということはお伝えできたのではないかと思います。伝えたところで誰も得をしないのですが。

最後に、この原稿で決して「エッチする」という表現を使わなかったことをあえて主張しておきます。モテない系のこだわりとして、セックスはやはり「セックス」という生々しい表現でないと伝えたくない。女性誌（特に若年層向け)、**かわいげに「彼とH」なんて言ってポップにしてんじゃねえよ。**

あとがき

ああ、どっしりしている。

あるイベントで「モテ系とモテない系ってネタを書いたけど、その間にいるどっちつかずの人も無視できないんですよね。名前をつけるなら…まあ、『ドリカム層』みたいな…」と、その場の思いつきで言ってから、まさかこうして本になるまで考えを掘り下げることになるとは思わなかった。しかも、掘り下げていったら、日本女性のありよう、「ママ」という概念、というような深みにズンズン入っていってしまっ

て、ちょっと的がずれると新書「女性論」みたいになってしまいそうだった。「ママ」を持ち出すとどうしても話がどっしりしてしまう！　これはね、今後の課題ですよ。私だけじゃなくて世の中の課題ですよ、もう。

そんなわけでだいぶ悩みながらの連載ではありましたが、ネット連載のときから読んで感想をくれた皆さま、話題にしてくれた皆さま、本当にありがとうございました。執筆の遅い私に対して根気強く相談に載ってくれ、風船撮影も喜んで準備してくれた編集の山口さん、狙った以上のドリーミーな装幀を楽しんで作ってくださった葛西さん、本当にありがとうございました(=^∇^=)/゛:*:。・★

「くすぶれ！モテない系」「呻け！モテない系」「ドリカム層とモテない系」の3つで、一応「モテない系三部作」と称したいと思います。この本で初めて「モテない系」に触れてくれた方がいらっしゃいましたら、ほかの2冊も手に取っていただけるとうれしいです(￣∇￣)/

（ああ…やっぱり顔文字使うとぐったり疲れる……）

二〇一一年八月　能町みね子

ドリカム層とモテない系

2011年10月11日　初版第1刷発行

著　者　能町みね子
造　本　葛西恵
DTP　株式会社明昌堂
編　集　山口美生

発行者　木谷仁哉
発行所　株式会社ブックマン社
〒101-0065 東京都千代田区西神田3-3-5
TEL 03-3237-7784　FAX 03-5226-9599
http://www.bookman.co.jp

印刷・製本　凸版印刷株式会社

PRINTED IN JAPAN

2011 Published by BOOKMAN-SHA Co.Ltd.
3-3-5 Nishikanda,Chiyoda-ku,Tokyo,Japan

ISBN978-4-89308-756-0

※本書は、2010年3月から2011年4月にかけてブックマン社のウェブサイトで連載された「モテない系とドリカム層」を加筆・修正し、あらたに構成して出版したものです。コラムは「シティリビング」（サンケイリビング新聞社）に連載されていた「モテない系よ、ゆるふわの森に呻け」より、巻末の「モテない系とセックス」は「小説すばる」（集英社）2010年7月号に掲載されたものを、抜粋・加筆・修正し、再掲しました。